夢幻病

左耀元

夢幻病

推薦序

痛楚來臨時的溫柔傷悲

陳雨航

對左耀元作品最初的印象是〈聽見蛙鳴〉。這篇小說裡的漢人鄉村醫生和原住民護理師為核心所發展的情節，帶給我一種類似人物與相應主題少見的歧異路線，這並不止於他們兩人的情人關係偶有（不算太意外）的微小齟齬，而是在總路線上的匯合。這裡有失去的或可稱為美好的往昔，有無聊而殘忍的「遊戲」，假掰儀式裡的真情（？）演說，還有「聽見」和「聽懂」的哲學問題，鄉土的背叛或者再定義。略帶曖昧，未有批判。

酷。很不政治正確地擄獲了我對這篇小說的認同。

集結成小說集《夢幻病》的八篇小說，展示了左耀元多方的觀照：首先，多數篇章裡會有早發性失智、先天聽力障礙、幻肢或生理心理的痛覺、癌末等狀況的鋪陳；其次，底片攝影、釣魚、越野車則是其中五、六篇裡的重要背景。

於是我們會在小說裡看到各種少見、讓人動心的情節：

兩位國中老師蹺課翻牆出去釣魚，這是什麼情況；

帶著失智妻子到鍾愛勝地的「最後之旅」；

如何在暗夜到失事現場尋找機車殘骸中的可用零件；

怎樣在可望見一〇一大樓的首善之區郊山建造一座小木屋；

偷玩國中老師媽媽從學生沒收來的Game Boy Color；

那些美麗丹頂鶴的生命之舞是怎樣拍到的……

在上述的設定裡，更重要的是小說家具體地呈現了那些不斷在我們生命周遭會遇見的深刻命題：理想的失落，夢想的幻滅，情感的背叛與救贖，無可逃避的肉體和社會的疾病……

一段以「夜間維修」為名的照片描述很可以作為左耀元小說觀照的比擬：

這張敘述的是，一間深夜的機車行，鐵捲門半降，店裡鵝黃光透出，裡頭老師傅和學徒正在修理一台老車。牆上的日曆、工具這些細節你曝光抓得好，亮部沒過曝掉。學徒彎著腰窺視引擎內的難題，眉頭深鎖。老師傅一手搭著龍頭，眼神飄往店外，鐵門外一名身著紅洋裝的女子撐著傘快步離去。高跟鞋踏進水窪，瀟灑地激起參

> 了霓虹夜色的水花。——〈鶴步的長夜〉

他會有廣幅的描寫，絕不冷場，他落筆的旁支情節，支援主線與否，都會產生意義，或增強背景，感覺時代和社會的氛圍。

小說集裡的文字相當簡捷爽俐，節奏明快。像這樣：

> 車的龍頭、環抱支架都歪了，前叉也潰縮內凹，但一些小零件仍是好的，店長說還好有「摔對邊」，卡鉗沒傷到，折、避震，拔、尾燈，拿。——〈飛人〉

雖然也有抒情式的描述，但基本相當節制：

> 流動的雲影在眼皮上游移，草的聲音、風、海浪、蟲鳴、呼吸。我想起多年前曾一個人來到龍磐公園，那時很迷攝影，腦中浮現滿天星斗與草原的風景，一個衝動便騎車來了。水氣太重，晚空的星子是迷濛的，薄雲飄得很快，長曝後在天際留下銀白擦痕。整個畫面只有遠處的雷達球是清晰的。——〈龍磐的草如此柔軟〉

更成功的部分我認為是（作為小說靈魂）人物的深刻描寫，什麼身分的人有著怎樣的言行。文青大學生說著頭頭是道的話語，偶爾引用一些名人的概念助陣；國中校長說話和行為超格，會讓我們驚奇，也可想像他的「江湖」人脈頗深……而像〈詐虎〉

和〈飛人〉裡頭那些當過兵未久而如今在社會上打滾的江湖浪子或黑手，作者有時候只有閒閒幾筆，但生動的聲腔卻會讓我們產生更多的經驗連結。

讓我銘刻在心的是〈飛人〉裡的土虱。這一位鄉鎮摩托車行的黑手修理工，同時也是熱中於速度的越野騎乘咖，在買了部二手越野車的大學生（第一人稱我）的初印象是「眼距甚寬、髮線後撤，嘴角的小鬍向兩側刺去，穿著寬鬆骯髒的KYMCO夾克，兩隻黑嘛嘛的手在牛仔褲上抹啊抹……」身上總飄有工業廢水味道的土虱很照顧這位大學生，還向他唬爛到蘇格蘭North coast 500號公路的奔騰經歷……

〈飛人〉是關於友情、義氣的悲傷動人故事。雖然其他篇的某些人物可能更複雜更深沉一些，但土虱這樣的小人物卻教人難忘。他在通俗故事裡擁有強大的氣場，揮灑著青春的莽撞，催蕊、催蕊、催蕊，我們彷彿聽到急遽的油門聲，看到一位現代的底層的夢幻騎士。

就來說說夢幻吧。〈夢幻病〉的最後，幫童年的主角換齊了神奇寶貝圖鑑的工讀生大哥哥說的一段話：

弟弟，你知道嗎？當你湊滿全圖鑑，滿心期待地去郵輪聖安奴號旁的祕密小島……你往下方隱藏的深淵注視，你把GBC上所有的按鍵壓過一輪，存檔、關機、重開機、讀檔，不斷重複。最後，你會發現，一切只是你自己的想像，什麼都沒有，沒有祕密、沒有寶藏、更沒有夢幻。

工讀生講這段話之前，「表情既溫柔又悲傷，但明確暗示了痛楚的來臨」。這表情的形容，非常精彩地呼應了開頭關於幻肢的痛楚。〈夢幻病〉顯然是左耀元的力作之一，值得讀者進一步去閱讀和印證。

在真實世界裡夢總是會幻滅，但小說不會。我想這樣看這件事。

能夠寫這樣的小說真是太好了。

能夠閱讀這樣的小說真是太好了。

＊陳雨航，一九四九年生於花蓮。曾經是編輯人，出版人。著有短篇小說集《策馬入林》和《天下第一捕快》；長篇小說《小鎮生活指南》（榮獲二〇一二年中國時報開卷好書獎、《亞洲週刊》十大小說獎、二〇一三年台北國際書展大獎等）；散文集《日子的風景》、《小村日和》和《時光電廠》（榮獲：二〇二三年師大梁實秋文學大師獎優選）。

推薦序

背叛世界的小小路徑：溫馴與怪奇

林楷倫

這是一條路徑，像是出去旅遊前把所有的景點輸入Google Map。歷經幾個小時閱讀的路途，從恆春開始到台北大安區的福州山。奇妙的是這條路徑，並不是左耀元的寫作拓荒史，而是他所見的一路景點：關於他眼中的世界。

這世界用什麼組成？像極了我認識的耀元：攝影、釣魚、檔車、醫學、原住民。那如何運行？卻與我認識的耀元毫無關聯，上述那些興趣變成小說角色獨有的武器，武器不用來傷人，只拿在手上標示著自己是哪種身分，多的是身分與持有物的衝突，像是法師拿著長矛、勇者拿著法杖。小說充滿許多的矛盾，最美的是情節與角色獨有的情感。

那情感在我與耀元的日常對話裡根本見不到，日常多的是嬉鬧，幾句鼓勵便成溫柔。但，毫無逸脫於兩名異男的交際模樣。

若這本小說能抓出串聯的情感，我會稱為：溫馴的背叛。

我不能在此劇透。耀元的小說裡頭細小背叛與巨大反轉，並非是黑白分明，我甚至不認為那是灰階。好與壞如同保險箱的刻度，些許調節便天差地遠，我試著抓文字裡頭的答案，看看那些文字是不是等同於開箱的數字，總覺得把答案對出來了。隨文字與小說走，直到最後我都以為我理解了這些小說，耳朵靠在聽診器上聽旋鈕與刻度相合的瞬間，我才發現這並沒有精準的答案，這些失準是耀元小說裡的遊戲，情節上的巨大反轉只是帶給讀者感官上的衝擊，最美的不只是爆破而已。

火光消散，落下的碎紙花是小說角色沒說的細語。

讀者在裡頭揣測，自認為聰明，才發現細語是說：「對，這篇小說是這麼簡單。」

才沒那麼簡單。只是這些角色太像人了。

耀元書寫異男，活脫像是把自己與他熟識的快樂夥伴（不包括我）搬入小說。書寫惡人們，惡不是憤怒，是例行公事使然。書寫道德，是兩極面的敗德與道德，相互對話，是場戰爭，情節裡大聲怒斥是如刃的靜謐，若是無聲或是他人代言又是鑽入讀者的內心裡探問：「這樣真的錯了嗎？」

寫小說寫到如此地步，並非容易的事。我與耀元相識多年，他不斷地鍛鍊自己的小說技藝，並非往華美文字的路前行，他的技藝混合其自身記憶，從記憶裡淬鍊什麼是人的模樣。

將角色寫得更像是人，是需要學習的。寫作的天分不來自於天生對文字的敏銳，更多來自於寫出作品之後的學習，下一篇作品下一部作品的進化歷程。將角色寫得像是人，超難的。在耀元的筆下角色，「女帝」、「阿坤」等都擁有多面性，女帝曾有過堅強甚至驕傲，如今脆弱甚至無力。更貼近作者本身的各個主角「我」，亦是活在各種自卑與對抗他人意識的狀態，同時服從又懶得思考。這些行動看似油水分離，在文字上難以調和，卻在我們的日常生活中處處可見，左耀元身為小說家的能力，即是將厚重的情感與凝著困頓的哲學化為戲謔的幹話，不說教沒說理，沒有溢出「正常」的理解範圍，亦保有瘋狂非理性的遊戲狀態。

寫各色奇怪的人，是種文學傳統吧。

左耀元也寫，寫早發性失智的女醫生與其伴侶的感情生活，寫釣客，寫原住民等等。他作品寫好時，總會丟給我看。在深夜裡丟的Word檔，幾些文字讓人皺眉，幾些不得不標註上這只有你寫得出來，甚至給他最美的讚美：「你真是個怪人，才能寫得出這些怪事。」

寫各色奇怪的人，是種文學傳統。

各色奇怪的人，身為一個小說家必須以奇怪者的日常口吻，選擇哪般的聲調音量，跟讀者訴說。

不用對讀者說相信我吧，讀者自然會相信小說家的筆墨。

這一切都好像是真的。我讀完這些小說，對自己說。那些如真的片段，有些是幾句戲謔，有些是凝厚情感，我沒有私訊問耀元。

因為，那是條路徑，從龍磐的草走入潭中，回到山上。

只是人間，像極了人間，若讀到如此，那一瞬間，再等等，讓耀元的小說與我們再走一下。

＊林楷倫，一九八六年生，想像朋友寫作會的魚販。曾獲二〇二〇、二〇二一、二〇二二林榮三文學獎短篇小說獎。午眠人類、投射者、INFJ。三十六歲時驕傲地說當下都是人生最快樂的時刻。希望能一直如此。二〇二一年出版散文集《偽魚販指南》，榮獲Openbook年度生活書獎等獎項。二〇二三年出版小說集《雪卡毒》。

第一站
恆春

龍磐的草如此柔軟

女帝走丟了。

電子圍籬發出警訊，手機在診間的桌上震個不停。下一位病人進來的空檔，馬上切到室內監視器的App，果然，人跑了。

太太在四十一歲時被診斷出早發性失智。她是教學醫院神經外科的主任，顱內腫瘤高屏第一女刀，是7號刀房的女帝。

當然，我在家還是叫太太，披上白袍的她，才是女帝。

太太手腕上的防走失定位器發揮功效，之前她一直不願意戴，怎麼哄騙都無效，她會像以前在刀房手術不順時一樣，把器械摔在無菌盤上。

「妳爸爸買給你的生日禮物啦。」最後講了這句她才願意戴。

岳父已經過世十幾年，她好像忘記了。但渴望認同的烙印還在。

被診斷的那年，醫學系的同學們辦了場同學會，女帝是那場聚會的主角。事後回憶，總覺得那彷彿是一場生前告別式。來的都是醫師，大家都明白Early-onset dementia

的意義，很快，這些人們就會從女帝的記憶邊緣消失。

我還記得同學會當天程哥抱了厚厚一疊paper來，說他不知道要怎麼關心同學，學校沒教這塊，但他很會讀書。他把近十年早發失智所有相關的研究都印了下來，一份一份用螢光筆畫上重點，用細細的筆寫整齊的筆記。

「謝啦程哥，你還記得我比較混，以前考試都看你整理的共筆。」我笑著感謝他，其實眼淚差點掉下來。大家也跟著笑了，笑說重考好幾年的程哥一直是大家的大哥。

沒人會想到程哥幾個月後在值班室裡，用廁所的垃圾袋套著自己的頭，什麼遺書也沒有留下來，就這樣走了。

程哥的太太在LINE群傳說負責急救的是他校F大的醫師，說他們延誤，錯過黃金搶救期，要大家以後在醫院裡抵制F大的學生。一律不teaching、一律不給跟診。

確認太太走丟後，我報了警。走失的流程我熟，他們說會在附近警網發出通報，要全區執勤的警員注意。但我知道還是要靠我自己。

警員掛上電話前多說了一句：「經過大水溝的時候要往裡面照一下，很多失智的最後都在那裡找到。」

門診暫停，護理師問我會回來嗎？我說我不知道。開車往家裡的方向飆去，手機顯示著air tag「尋找」軟體的畫面，這是我的第二道防線，太太外出鞋上我扣了一顆蘋果air tag藍牙追蹤器。我不斷按下App上「發出聲音」的按鍵，原本是設計給人幫忙找出鑰匙的功能，如今是我告誡太太「待在原地，我會去找妳」的聲音。

教了很多次，每次講完「聽到這個聲音就要停止」的命令後，我都會獎勵性地給她喝一點咖啡。女帝很愛喝咖啡，開始出現失智症狀的前期，她一直忘記便利商店寄杯小卡還有沒有剩，一直重複購買。前些日子整理太太的車，發現手套箱裡滿滿的寄杯小卡，算一算大約有一百杯美式。

但太太沒有停下來。人很複雜，女帝很複雜。

我無奈地看著太太的頭像離「家」的定位越來越遠。然後頭像慢慢從住宅區移動到高架橋下的車道，最後沿著交流道走上了高速公路。我想著air tag在吵雜的車流中孤單地響著，心中開始有不祥的預感。

「太太是什麼時候出現症狀的？」這個問題在前幾年一直被問到，在神經內科、精神科的診間。而我總是回答——在7號手術房裡被發現的。

手術房裡，她是女帝，這是住院醫師們給她的稱號。女帝十分嚴格，如果器械在她喊聲幾秒內，沒有以她熟悉的方式遞到面前就會被責罵。女帝的老師是資深的南部前輩，常台語、英文混著講。手術刀不講Scalpel，講「刀仔來」。

若有人犯錯，女帝常常不是發聲斥責，而是站在那邊，一動也不動地，用那女帝的凝視直直切進刀房護理師的腦袋。

「到底在幹麼？」她會等手術室完全肅靜，空氣最緊的時候，冷冷丟出一句。

資深的護理師都知道要閃，有默契地把女帝的刀排給菜鳥學弟妹。

一回，手術尾聲，傷口縫到一半，護理師妹妹顫抖地說：「醫師，紗布有少。」女帝好像沒聽見似的，繼續縫合傷口，直到幾分鐘後才回答：「所以呢？對紗布是我的工作嗎？」

女帝縫完傷口後，把手套丟在地上，叫護理師再數一次，還是不對就數到對為止。護理師當場哭了，和隔壁房的NP學姊在刀房又一起數了十次。最後無可奈何，還是打公務機給正在準備下一刀的女帝說：「學姊，真的數量對不起來。」

「傷口都在close了，妳才跟我講。打電話問總醫師願不願意上來給妳們擦屁股。」女帝說。

身邊很多人會納悶，明明是我太太的故事，我怎麼會那麼清楚？那是因為，後來當天上來刀房救火的，不是總醫師，是我同校的主治學妹，李杏潔。

學妹告訴我，傷口re-open後，馬上就看見紗布了，那麼明顯的位置，靜靜地躺在那。就像是，忘記了一樣。

我跟著太太的定位在高速公路南下、北上的車道繞了好幾遍，一直無果。最後把車子停在路肩，走下邊坡找。弄了半天，人還是沒找到，皮鞋上沾滿了泥巴。更慘的是，手機在不斷檢視定位App、開啟手電筒在邊坡的樹林裡亂照後，電量用盡。

不知道折騰了多久，被國道警察找上，說明狀況後，他們馬上用無線電確認，才發現太太早就被好心人士送到警局了。我手機沒電，錯過通知。

我跟在警車後頭下了國道，紅藍的警示燈照進車室內，讓我一直處於思緒高速運轉的緊繃狀態。我想，任何疾病的主要照顧者都必須理解一件事，那就是不論你做的多好，都不會有人為你鼓掌、頒獎；反之，只要你有任何差錯，任何人都可以輕易地指出你的過錯。如果將這樣的無奈加以量化，也許可以看見你對這位患者的「愛」還剩多少。

國道警察下交流道之後臨停路邊，搖下窗子跟我指了指派出所的方向，我向他們揮手示意感謝。以我太太的狀況而言，她不會感謝我的付出，早已喪失那個能力了。

那寬恕呢？

我想起那些我對不起她的事，那些傷害。以常理來說，失智的發生跟這些過往的痛楚應該沒有關係，但我還是常常有很深的罪惡感，覺得某種程度上，是我害妻子生病的。我甚至感覺，妻子的這場病，是某種她對我施捨的恩惠。

送太太到警局的是一位跑回頭車的貨車司機，說他看見一個人在高速公路上遊蕩，就把人送到下一個交流道的警局。

「我老爸走之前也是阿茲海默，我一看就知道。」半夜兩點多了，司機大哥還在警局邊做筆錄邊說道。看起來戇神戇神，他補充。

我跟他說真的很不好意思，今天的工錢請務必讓我補償。

「很凶捏！你媽媽會咬人你知道嗎？哈！」司機秀出他的手背，上面有深深的齒痕。又繼續講他爸爸以前失智還會騎機車，跑超遠，最後在海邊的一間媽祖廟找到人。

我傻笑。看向趴在桌子上的太太，想著這幾年下來，她真的變了那麼多？會被錯認成老太婆嗎？披頭散髮，衣褲都髒了，鞋子少了一只，有air tag的那只。警員在椅子上墊了一疊報紙，看起來濕透了。

「你媽這個狀況要住機構啦，不然就是老人院，真的。」警局外，司機大哥很誠懇地說。

四月的港都深夜，燕巢這裡涼涼的，吹過竹林和鐵皮工廠的晚風有一絲燒稻草的氣息。我扶著太太上車，已經顧不了淡淡的尿騷，好累。

「你好奇怪！」太太大喊，她上車時腳沒踩穩，險些跌跤。「好奇怪」是她現在的口頭禪，大部分時間她不怎麼說話，偶爾能透過口頭禪或一些狀聲詞去猜測她的想法。

「半夜不睡覺在外面亂跑才奇怪。」我幫太太扣好安全帶。

發病初期，太太的症狀影響到工作，她無法再踏入主宰的帝國，一生引以為傲的7號手術房。醫院和我們商討最好的退場方法，想讓太太轉到學妹杏潔的Team，負責門診與衛教的工作。但太太不願意，說那是無法忍受的恥辱。

離開工作後，太太失眠的狀況更加嚴重，也開始服藥不確實。社工來家中訪視，在冰箱下發現了一大堆愛憶欣藥丸。我開玩笑說，終於知道為什麼我們家蟑螂那麼精了，原來都吃了太太的聰明藥啊。

失智是一個過程，而早發型的失智進程更快，家屬與患者面對這樣的劇變，常常都措手不及。太太在發病初期常常哭，一直寫筆記，說這一輩子積累的東西就這樣沒了，好不甘心。而太太現在已經不寫字了，筆記的最後幾頁是難辨的模糊線條。

這次走失是半年內的第三次。不想限制她的人身自由，也是擔心失火之類的事，所以沒把她反鎖在家中。有一陣子，岳母從彰化下來幫忙照顧。讓一個老人來照顧太太總有點過意不去，但這並不是後來沒再請她來的主因。

主因是，岳母對於太太的病，有著歪扭錯誤的期待。

岳母把太太國中小的課本挖了出來，說要訓練記憶，每天要太太背課文。其實我明白這樣幫助有限，但就當她們母女在家無聊，玩玩罷了。誰知道她們竟因為這事而吵架，甚至還大打出手。

一日下班，車子還沒開進車庫就聽見太太的尖叫聲。我從沒聽過太太發出如此大的聲音，如野獸的嘶吼。衝進屋內，看見岳母抓著太太的頭髮，岳母左眼球微血管破裂，鞏膜是憤怒的血紅。

「你看啊！」岳母把太太的臉往我這拽，我發現太太嘴裡咬著課本的內頁。「跟狗一樣，你看怎麼辦？」

「媽，這病不會好，只會越來越退化。」

「那怎麼辦嘞？放著讓她越來越笨？」語畢，朝著太太送上一記耳光。不學好！不學好！她大喊，眼淚不停地流。

讀書、考試、就業，雖然不能說一帆風順，但我每次還是順利擠過去那些窄門，我一直相信，只要我肯努力，沒有什麼是不能克服的。如今，太太、岳母，自己都病了，我無力反擊。

岳母說那些對於太太的栽培付諸流水，一生吃苦、犧牲，換來的是這個破病，公平嗎？我還沒有力氣回答這個問題，決定把岳母先送回她老家。

左營高鐵站，岳母進閘門前還在講那些事，我不時應聲，苦笑。拿行李的手有點痠，我忍住不吭聲，岳母還是把那些殘破的課本帶回去了，說也許有天會用到。

「辛苦你啦。」岳母從我手中把行李拿去。然後輕聲在我耳邊說：「要送安養機構就趕緊辦。啊你自己也要照顧自己，瘦了。」岳母握了握我的手腕。

我點頭。心裡有種不踏實感，我們那陣子的話題幾乎都圍繞著太太的病，突然說到我，覺得很不真實。好像自己是假的。

「我女兒，拜託你了。」岳母在閘門後對我說，包裹著左眼的紗布微微浸濕，暈成水窪。

我對她鞠躬，然後呆站在人來人往的車站大廳，一時忘記接下來要怎麼辦。

岳母離開後，我嘗試一陣子把太太帶去日照中心，一早上班前把她帶去，下班再去接，像是上學一樣。但接回家後呢？要是我有晚診怎麼辦？假日呢？很多困難是做了之後才知道。太太走失也是在這種空檔，我很努力要補上這些漏洞，監視器、防走失手環、定位器，能想到的都做了。

移工的部分有先去做巴氏量表，然而當時的病情不符合申請資格。雖然仲介說，有錢都可以解決，但我不太想走這種後門，我想，太太若認知無損，也不會允許的。後來，我牽著太太的手去找里長、鄰居拜訪，低頭，拜託大家幫忙注意人有沒有走丟。

我心裡一直知道，總有一天必須放手讓太太住進機構，我自己設的停損點是：「當她認不出我的時候。」

一個空氣不好的早晨，我走88快速道路往潮州方向去。擋風玻璃望去的大武山隱沒在過曝的白霾中，僅能依稀看見山稜，極淺的綠與藍。

太太在副駕，安靜地坐著，眼睛因為霧霾的散光瞇了起來。我輕輕調整她口罩上的鼻梁壓條，口罩上有我用麥克筆寫的姓名與手機號碼。

「帶老婆去潮州玩三天。」診所的工作群組裡我是這麼說的，大家按了一排愛心，只有另一位醫師同事調侃問：「潮州是有什麼好玩的，能玩三天？」

那年我們住院醫師訓練結束，我選擇去學長開的診所工作，太太則是留在醫學中心，繼續磨練。那時，她還沒失智，還不是女帝，還是拿持針器手會抖、走路微微駝背的緊張年輕主治。

工作前的空窗期，她終於把駕照考到，我們計畫去墾丁玩，一樣走88到潮州，再轉台一線，當練習開車。

「我這樣有沒有像那個法國的莎岡，寫《日安憂鬱》的那個。」太太問。她把鞋子脫了，丟到後座，窗子半開，瀏海飄動。

「人家莎岡是赤腳開法拉利，我們這台是Yaris，還二手的！」我大笑。

是喔，太太淺淺地笑。

偶爾會想起這些，心裡好像被冬陽照亮般，溫暖了起來。然而一瞬之間又明白，太太也許再也沒辦法分享這些記憶，景色便又黯淡了，像是有烏雲遮蔽陽光。

我輕拍太太的膝蓋，還記得我們第一次開車去墾丁嗎？我問，即便知道答案。

我手背感覺到冰冷。

原來太太睡著了，口水由微張的口流到我手上。

「唉，整理一下，我們等一下要去看醫生。」我抽了兩張衛生紙塞到她手裡。

在潮州下交流道，往泗林方向前進。檳榔園的縫隙中，偶爾可以瞧見隱身的低調農舍。在其中一間的鐵門前停下，狗開始吠。

我搖下車窗，喊了一聲狗的名字牠便安靜了。我已經不是第一次來這。

鐵門開了，走出來的是李杏潔，之前跟太太在醫院一起工作的學妹，手術幫忙善後發現紗布的那位。

「我坐前面還後面？」杏潔問。

「前面吧，現在應該沒差了。」我回。

我扶著太太下車，讓她坐到後座，扣好安全帶。

「帝，哈囉，還記得我嗎？我杏潔。」杏潔轉身問後座的太太。太太還在醫院時總被女帝女帝地叫，直到有一回病人家屬說要找「女皇帝」醫師，大家才發現這個名號似乎有些不妥，便簡稱太太為：「帝」。

「這是醫生，有沒有叫醫生好？」我問太太。

「好奇怪！」太太燦笑，看起來很開心。

「還認得你嗎？」杏潔問。

「現在只知道是很親的人，叫不出名字。」

杏潔說我很沒有品味，把太太打扮得像個老太婆。她說，女帝以前在醫院裡的氣場很強，撐起她氣勢的盔甲，是平整白袍下的香奈兒，是披在辦公室椅背上的斜紋軟呢外套。女帝愛穿Christian Louboutin的紅底高跟鞋，當急促的跫音在長廊上響起，護理站的打鬧聲會收斂，住院醫師會躲進值班室裡打病歷。

我告訴杏潔，發病初期我還是會讓太太自己選衣服穿，但後來慢慢發現她有幾件特別喜歡的會一直穿，幾天下來都發臭了也不洗，只好強行介入。打開太太的衣櫃好像進入了她心中一塊我未曾踏入過的禁忌之森，那些從不屬於我的布料讓我手足無措，勉強湊出一套衣服，卻怎麼看都奇怪。

「好奇怪……好奇怪！」太太皺眉看著鏡中我為她揀選的衣褲，皺著眉，很困惑地說道。我笑了，這是照顧太太的日子裡，如星星般光亮的記憶。

半年前，太太第一次大在褲子裡。

糞便沿著褲管流到腳上、拖鞋上，在家中踩出鞋印。我一個人在深夜，跪在地上刷著那些痕跡，那時我一直在想，我到底做錯什麼要經歷這些？跟我同屆的醫生，有些小孩都要讀國中了。沒生的，也是全世界到處旅遊，想起ＩＧ上那些出國玩的貼文，難道我就不配嗎？

我第一次，想到要把太太丟掉這件事。

當這樣的想法在腦中出現時我感到強烈的罪惡感，原來我們夫妻十幾年的情分這麼脆弱嗎？只是一次失禁我就要放棄了？我好噁心，比這些地上的糞便還噁心。我並不是一位適任的照顧者。

從那之後，我就給太太穿上方便穿脫、有鬆緊帶的寬鬆長褲，包尿片也看不太出來的那種。

杏潔說，到墾丁旅館時，她可以幫太太洗個澡，好好幫她打扮打扮。

接回台一線，繼續往南。木麻黃防風林後的海，在過枋山後更加清晰，近海的雲層縫隙透出光柱，海面波光粼粼。

來墾丁太多次了，每次看見海，才有假期真正開始的感覺。有一回跟太太約好來墾丁度假，那次還準備了露營的桌椅、高山爐、磨豆機、鋼杯、沖泡組（前一個禮拜才從網拍下訂，特別拜託賣家盡快出貨），想要在防風林下泡咖啡、看海。東西都架好了，才發現，我們根本沒帶水。

「你就是這樣，重要的事都記不住。」還記得太太當時這樣念我。

過海口時，太太已睡著，我駛離省道，轉入車流較少的濱灣公路。這條路沿著海岸地形而建，相對於筆直的省道，是個較有禮貌的路，遇到樹木還會識相地轉彎。可以開窗了，空汙通常到枋寮就會出海，浪聲穿越黃槿的矮林，拍進車內，是初夏長浪的味道。

經車城，本來想去買綠豆蒜，但想到太太現在潔牙不太確實，太甜的東西還是算了。過四重溪時，太太醒了開始哭鬧，指著自己的褲襠。我們停車在龜山下的停車場，杏潔幫太太換了尿片。杏潔說到鎮上要去買一些皮膚藥，太太因為尿片悶出了疹。

討論了一下，決定去走龜山步道，杏潔說她沒來過。杏潔牽著太太的手，走在前頭，木棧道旁的相思木樹梢搖動，滿山是風。我們有一句沒一句地討論著太太屁股上的是濕疹還是黴菌感染？我說以前教科書上講黴菌會像是火山口一圈一圈地長。杏潔笑說黴菌又沒讀書，怎麼知道要那樣長？她捏捏太太的手問，對吧？帝。

步道盡頭是一片平台，許多野鳥會在這裡的矮樹短暫歇息，然後再嘰嘰喳喳地往山下飛去。視線追著飛鳥的方向延伸，可以看見海生館、四重溪出海口、中央山脈的尾端，還有無邊的海。

「帶小孩是不是也是這樣？」杏潔突然問。吵鬧、生病、換尿片，然後帶著她經歷人生，看海。

「而且她還不會記得。」我苦笑，說等等下山她就忘了。

我們站在那邊一陣子，看著大片的雲朵從大海漫步上岸，在小鎮田野和山坡上留下淺灰的影子。

繼續南下，我想在日落前繞過鵝鑾鼻。經過墾丁大街時忘了停藥局，過了船帆石才想起來。

杏潔問我接下來打算怎麼做？我告訴她目前在等社工回應，也許會考慮團體家屋的機構。向她解釋家屋是類似日本「失智村」的概念，失智長者在照護團隊的協助下一同生活，與失智共處。

我告訴她，這次也許是太太住進機構前，最後一次出來玩。沒說的是，想在那記憶完全侵蝕前，塞入一點最美的風景；更沒說的是，也許帶著杏潔一起，能喚醒妻子更多的情緒。

「我覺得你好像沒有嘗試過所有的可能性。」杏潔轉頭告訴我，她背後出現太平洋的藍。「找看護啊？之前你們那屆過世的那個，程哥？走之後好像他太太也是找看護去照顧他媽，也有去弄喘息服務，你要不要認真查一下？」

我苦笑，本想告訴他每個選擇都有無奈的一面，查過資料也比較過方案，照顧者要做很多決定，常常沒有一個決定是正確的，只有不做決定是錯的。

「謝謝妳，杏潔，妳很會替人著想。」我用餘光瞄了一眼杏潔，她輕輕地「嗯」了一聲，然後別過頭去。我想起杏潔好像和我一樣都是不擅長被稱讚的人，在醫師養成的過程中，總是被說不夠努力，不夠認真。我們擅長選擇捷徑，逃避困難。

我想起這次來墾丁之前，太太在日照的那段時間，上演過許多次驚心動魄的「越獄」大挑戰。日照的部分學員只上半天的課，許多要待到下午的學員看到有人可以回家了，都激動地也想要跟著離去。那時太太的認知還沒像現在這麼衰退，便策動了一起以她為首的逃脫大行動。中午時間一到，交通車停在機構前門，照服員推輪椅上車，經過磁扣感應門，門開啟後會有數秒的時間才關閉。

越獄夥伴一號阿伯用拐杖卡住大門，然後太太左右手各一位阿嬤，掄起來就拉著往門衝去。

這次的越獄以失敗告終，那些阿嬤的腿並沒有太太的那麼快，機構工作人員及時發現，終止了計畫。也許也是那時太太明白她必須獨自行動。

下一次的越獄很安靜，太太跟在接送的司機後面，如影子般，輕聲地走出了電動門。這是機構事後調閱監視器畫面才發現的。

那天我也是看診到一半，機構打電話來說，人跑了。說他們幾乎全機構的人都騎機車在外面找。

下一通電話是醫院打來的，太太以前工作的那間，說人在急診。我心一沉，以為是在路上被車撞了，沒想到醫院說太太自己走路去的。

從機構到醫院，七公里多的路。

到了急診，看見太太一臉無辜地坐在急診留觀區，掛著點滴。值班醫師告訴我，太太沒有什麼外傷，只是怕她在外面走那麼久，天氣熱，擔心脫水。

而當我問太太她為什麼要走來醫院時，她只淡淡地說了——。

——「我在這上班啊。」

「日照自始至終都沒給我臉色看，後來考慮要換到家屋或是帶回家照顧，他們還是說可以努力看看。」我告訴杏潔。

杏潔說這也許是我們這個世代的考驗，說她可以跟我一起，照顧太太。

車內一陣沉默，車輪捲起道路上的鹽晶與細沙，拍打著板金。

「真的，我很樂意。但是啊，你不能一輩子把我藏在潮州吧？」杏潔手搭在我的膝上。

「龍磐公園到了。」我說。

真的來墾丁太多次了，潮間帶的海星、龍鑾潭人工礁上的鸕鷀、夜裡在濱海步道散步時，寄居蟹在密林換殼的細碎聲響。這一切構成我對這個半島的記憶，不知道太太腦袋深處，這些神經訊號還在不在。

我和太太總愛去開發新的景點，尋找觀看太平洋最美的視角。幾乎每次來，都會到龍磐草原一趟，即便是在落山風強勁的冬日。我曾以為這些記憶建構的關係是穩固的，足夠的回憶建造恰如其分的承諾，但人的情感不能這樣交換，好複雜。也許在一瞬之間，我可以全部拋開。

下了車，這次我牽著太太的手。

穿過林投樹構成的第一道海濱防風林，來到崖邊。看著蔚藍的海水從世界的另一頭推往腳下。深吸氣、抬頭，視野的廣度被開啟，好像沿著太平洋的浪花可以窺進宇宙的深處。

風是鹹的，很強勁。杏潔抓住我另一隻手的上臂，頭輕輕靠在肩上。不久後太太開始吵著要走，崖邊的海濤聲被放大，如鼓聲，我知道她怕。

我們來到後方的草原區，白茅構成的綠毯上，點綴著白色的絹毛，海風像是梳理著獸的鬃，又像是那浪的延伸。

我帶著太太，躺在草地上，太太沒有反抗，像是反射動作般窩進了草堆。

「來呀，躺下來，草地很軟喔。」我告訴杏潔。

「很髒的感覺。」

「不會啦，我們躺過好幾遍了，頂多有牛糞。」

杏潔聞了聞四周，謹慎地躺了下來，我們三個人，躺在草皮呆望著天空。雲走得很快，像是被撕扯下的棉花糖。一隻猛禽在空中不斷變換姿態，以抵抗海風。

「閉上眼睛。」我說。

流動的雲影在眼皮上游移，草的聲音、風、海浪、蟲鳴、呼吸。我想起多年前曾一個人來到龍磐公園，那時很迷攝影，腦中浮現滿天星斗與草原的風景，一個衝動便騎車來了。水氣太重，晚空的星子是迷濛的，薄雲飄得很快，長曝後在天際留下銀白擦痕。整個畫面只有遠處的雷達球是清晰的。

我從遙遠的記憶中醒來，偷偷看向杏潔，她淺淺地笑著，眼睛仍閉。再轉頭望向太太，沒想到她也閉著雙眼，眼角有淚。

我發現太太不知道什麼時候把鞋子脫了，不斷地用腳尖輕拂白茅的柔軟絹毛。

離開龍磐公園時，太陽已慢慢下山，夕色投射在太平洋的積雲上，雲層被染成杏色與粉金。看落日有個好地方，在往社頂的山路上，今天最後的行程。

「你對外，講帝失智的起點，最初的症狀，還是講開刀忘記紗布那件事嗎？」杏潔在回程時問。

「嗯。」我們一直沒機會討論這件事，那時隨口亂編的謊言，一放就是好幾年。

「怎麼開始的，你還記得吧？」杏潔瞄了一眼後座，彷彿是要確認太太是否有在聽。

怎麼可能忘記？能忘記就好了。

住院醫師訓練結束，和太太分開在兩地工作，關係起了微妙的改變，也在這時跟杏潔走得太近。一場北上的研討會，飯後續攤聊著太太在醫院中那些「女帝」的傳奇，杏潔也和太太一樣留在醫學中心，知道這些。聊得很開心，喝了點酒，一同回飯店後，就睡在一起了。

我還記得隔天早上，看著太太十幾通未接來電時的罪惡感。但我們還是私下多次約會，有時早診結束，就和杏潔約在酒店，晚上再好像什麼都沒發生過一樣，回家和太太吃飯。

最後一次，當我和杏潔走出旅店時，太太的車就停在門口，她往我們這看了一眼，戴著墨鏡我看不清她的表情，搖起窗子後便離去了。

那晚回到家中，我跪在地上和太太保證不會再犯，請她原諒。

「我不記得了。」當我抬頭時，太太是這樣說的。她說，她什麼都沒看見，說她都忘了。

冷淡，之後太太變得不常說話，常常一個人待在飯廳看自己的書，整晚也不見她進房睡，我甚至不知道她到底有沒有睡。問她需不需要一點距離、空間？她總是假裝沒聽見，也沒說話，就靜靜地看著書。

後來在整理儲藏室時發現在一個陰暗的小角落，有一張破舊的綠色毯子，幾隻玩偶，和一張照片。照片是我們在龍磐大草原的合照，照片裡的人被挖空，只剩下廣闊的太平洋與白茅結絨的草原。

7號手術房裡，太太手術縫合完畢，紗布忘記取出。她逐漸也忘記很多東西，演講時找不到正確的詞語、忘記回家的路怎麼走、忘記要吃飯、忘記我的不忠。但我把那遺忘的起點隱藏了起來。

「失智好像是她施捨給我的。」我輕聲道，擔心太太聽見。

「你不用這樣懲罰自己，那是兩回事，dementia就不是那樣產生的，邏輯不通。」杏潔安慰我。

「好亂，哪有什麼鬼邏輯？我他媽就一輩子贖罪好了！」我深踩油門，引擎咆哮，蒼白的車燈在林間亂竄。

「小心！」杏潔大喊。

一抹黑影躍到車前，我急踩剎車，輪胎打滑，尖銳刺耳的橡皮摩擦聲。

我在要撞上山壁前及時把車子給停下。心跳聲敲打著耳膜，我一時間聽不見任何其他的聲音。杏潔吐了出來，依稀聽見後座太太的哭鬧聲，好奇怪，好奇怪！她不斷地喊。

一小群的梅花鹿正在過馬路。剛剛差點撞到的，是體型較大隻的，她迅速通過後跳上了邊坡。後續跟著兩頭比較小隻的幼鹿，跳上邊坡時有些踉蹌。最後一頭鹿頂著美麗的角，不疾不徐地穿越道路，當車頭燈點亮鹿眼時，他直直地看向擋風玻璃後的我。

我點點頭，公鹿甩著尾巴，消失在海岸林之中。

「下車，我來開，你給我好好休息。」杏潔解開安全帶。

「我沒事。」

「我才不管，你太愛逞強了。」她下了車，繞到駕駛座，我舉雙手表示投降。

杏潔坐上駕駛座時嘆了一口長氣，她後頸上的髮絲，餘暉將髮的邊緣染金。

「好奇怪！」太太踢了一下椅背。

「帝，妳安靜。」杏潔說。

「我們先回民宿休息吧？」我試圖緩和一下氣氛。

「我對你撒了謊，我覺得，要走下去之前，應該要講清楚。」杏潔看著我的眼睛。

杏潔說，當她在醫院聽見女帝失智的那天，她馬上摀住自己的嘴巴往廁所奔去，診間的護士以為她要吐了。鎖上門，雙膝一跪，面對馬桶，杏潔放開摀住嘴巴的手。馬桶的水面浮現她狂笑的臉。

「活該！」她笑，笑到乾嘔，眼淚和鼻涕流了出來。

杏潔說女帝在科上欺壓同事，占盡資源，醫院看在她是活招牌也拿她沒轍。多少優秀的醫師選擇離開，但杏潔選擇忍耐，她從小就不會抱怨，默默承受。多少次幫女帝擦屁股，她也就是個乖巧聽話的學妹。「沒問題學妹，這些小事我們來就好。沒問題學姊，這幾個班我來值。」她還會記得微笑，不卑不亢。

「但你知道嗎？」杏潔把頭埋進我的懷中。

我真的好想恨她，真的，杏潔平靜地說。我胸口的衣服逐漸浸濕。「但我會忍不住想要救她，幫她擦屁股。如果她忘記一萬次紗布，我就會幫她 re-open 那傷口一萬次。我就是，這麼可悲。」

「妳是非常優秀的醫師，杏潔，我們都知道。」我輕輕地拍著她顫抖的背。

「如果我能用下半輩子來照顧她，她會永遠欠我。」杏潔的眼淚流下來滴在我的膝蓋上。

到民宿後，杏潔先把妻子抓去洗澡。旅館的浴室是透明玻璃隔間，我特意不往裡面看，覺得有些害臊，便背對著浴室滑手機。

「失智家屋的申請通過了，最快下週可辦理入住。」社工用簡訊通知。

「那我下週就帶去。」字打出來，沒送出，刪除。還沒想到要怎麼回，就聽見背後敲玻璃的聲音。杏潔指著太太的屁股，上面有一圈一圈的紅疹。是黴菌，我們又忘了要買藥膏。

洗完澡後，我們讓太太坐在梳妝台前。杏潔從行李箱拿出自己的吹風機，我拿飯店提供的，一左一右站在太太的兩側幫她吹頭。太太的頭髮很長，我說入住機構前可能要剪短一點，這樣人家好照顧。

「帝的頭髮很美，不要亂剪。」杏潔說。我把吹風機風力開到最強。

我想起在醫學院的時光，想起坐在身旁認真作筆記、製作共筆的程哥。想起永遠坐在第一排的太太，從大一我就望著那秀麗的長髮。大三的神內單元課，那堂的主題是「大腦皮質異常疾病」，下課前教授問了全班，認為身為醫師的我們，該怎麼面對家人的失智？

太太第一個舉手，她說道：「我認為病人應該在專業機構接受治療，因為病患的認知下降，醫師或是家屬應替他做最妥善的判斷。」

身為醫師，我們被教導要下明確清楚的判斷，但這次，真的好難。我望著鏡中的三人，想著接下來的生活，想著這樣的我們，也能當一家人嗎？我想起社頂的梅花鹿一家。

我想起龍磐公園的草。白茅是草地先驅禾草，在火災或是環境大變動後，以地下莖快速占領開闊地。躺在草地之前，以前太太總會要我注意有沒有頑強存在的原生種植被，如鵝鑾鼻野百合、鵝鑾鼻燈籠草。如今我並不知道這些原生的植物還在不在，就算遇到了，或許，也認不出來了。

突然，啪！的一聲，所有電燈熄滅，旅館房間瞬間變成一片漆黑，兩台吹風機的聲音收束。

黑暗中我握住了一隻手，不知道是誰的，但很熟悉，很溫暖。有人喊了我的名字。

「不要怕，我在這。」我安靜地說。

第二站

瑪家

聽見蛙鳴

「妳聽見幾聲蛙鳴？」秦醫師透過電子耳問我。人工耳蝸接受訊號，刺激聽神經，聲音好像從腦子裡傳出來的。

「一聲？兩聲？三聲？幾聲呀，霞。」他說得很慢，但環境太暗我見不到他的口型，只能盡量猜。秦醫師又叫我的漢名，我跟他說叫 Seliyap，晚霞的意思。

我閉起眼，在腦海中等待音訊，等待如閃電般亮起的神經，連通腦中的聽覺區。

但我還是沒聽見什麼蛙鳴。

昏暗的會議室中，棗紅地毯上積滿了塵埃與水氣，走在上面就像在擠壓一塊老舊的海綿。會議室的椅子全靠牆疊了起來，僅留一張擺在房裡的正中央，秦醫師說那是指定監聽位。房間盡頭有一組巨大的音響，黑檀木黃銅腳釘刺進地板，高音單體與耳齊高。

以為你要讓我聽什麼交響樂呢，我說，秦醫師笑我還不夠資格。「總共十二聲。」秦醫師笑說我是「木耳」，至少要聽到十聲才對得起這組音響。對先天聽力障礙的人能開這種玩笑嗎？可以嗎？我問。他沒回答。

我又問這聽的是什麼？他回答「大自然之聲」，是台北植物園清晨的高分率收音，可以聽見建國中學的鐘聲和貢德氏赤蛙的鳴唱。

「要聽青蛙叫不會去外面的隘寮溪聽嗎？」我站起走到窗邊把厚重的窗簾拉開，以為能看到溪，卻看見彩繪玻璃窗上爬滿了蔓藤，七彩的葉影光斑在房內舞動。這裡很久很久以前是祖先的獵場，很久以前是教會，後來是學校。八八風災溪水暴漲把學校吃掉一半，廢校後這裡什麼也不是，但你也可以說，是秦醫師的視聽間。

我最後問：「台北植物園可以叫大自然，那我們三合村叫什麼？」

「荒蕪。」秦醫師回答。

秦醫師的診所位於三合村的三合路。秦醫師父親是早期公費醫學的學生，畢業實習完畢後便分發到部落的衛生所工作，幹到退休後才在村裡買了棟小小的平房，隨意看一些病。偶爾心情好鐵門就拉下，拎個半瓶高粱，扛起釣竿去隘寮溪找捲仔去。

那原本是村子裡唯一的診所，直到政府好像某一天突然發現偏鄉醫療似的，通過了針對山地離島地區的醫療給付計畫，一夜之間他們的健保點值翻倍，城裡的診所還在苦哈哈地一點兌換〇・九元，三合村如雨後春筍冒出的診所已經不用收掛號費就能有不錯的收入了。而位於山麓的三合村診所，打著民眾幾乎無須自費的招牌，吸引了許多來自三地門部落和屏東市郊的病人拜訪。

秦醫師說了好多次，說他父親在把診所交棒時，是這樣教導他的——。

「——我們診所就櫃子上這四十幾種藥，你就把這些搞懂，可以治的就治；不能的就叫他另尋高見吧！」

而那面積了藥粉及塵埃的藥牆即是我每日需面對的課題。

作為診所的護理師兼藥師兼打掃人員，每個看診日，我是第一個到達診所的工作人員。騎著機車抵達時，診所外的鐵皮下常常已經坐滿部落裡的老人們了。他們有些是要來回診、拿慢箋、帶著保溫瓶來裝飲水機的水，但更多的，就是無聊。

開診後秦醫師在診間看診，看完會把病歷從半張報紙大的窗口送回來調劑室，我總會快速瞄過幾行潦草的鋼筆字，搜尋最後的神祕數字。原地旋轉一百八十度，從藥牆上找到對應的號碼，用細長的鐵匙取藥，送進分包機，再右轉九十度來到取藥窗口。

「三餐飯後配溫水。」我知道自己ㄙ、ㄘ的發音不好，所以都會記得用手勢輔助。有些老人家也戴助聽器，我就會想像其實我們的對話，透過儀器，就像兩個機器人在用電子訊號溝通。

我還在熟悉電子耳的聲音，聽力師跟我說目前聲音會很像Google小姐說話，慢慢會有新的聲音出現，要我別急。

那日看診很順利，來的都是熟面孔，大多是來聊聊天的老人，病患送了幾包自己菜園種的飛機菜、翼豆和一顆木瓜。

「今天碧雲阿嬤怎麼沒來？」秦醫師發現熟面孔少了一張。

「她說今天身體不舒服，就在家休息沒來看醫生了。」老人回答。

秦醫師對著老人微笑，雖然他戴著口罩看不見嘴巴，我仍能透過那金邊圓框眼鏡看見如新月般微笑的眼睛，以及那如河口沖積細流的魚尾紋。

我對外聲稱，我是愛上那個微笑，才在護理師、藥師、打掃人員的頭銜上又加掛了秦醫師小情人的稱號。

實際上，我是愛上他的小腿。

媽說她也是愛上爸的腳，粗壯黝黑，彷彿是兩根千年石筍，看上去就是能扛起家族期望，在烈日重物底下前進的腿。可惜了，現在這雙腿每天只從家門口移動到雜貨店前的摺疊桌椅，和其他可惜的粗壯小腿喝到天黑。而秦醫師的腿則是白鷺的脖子，潔白，擁有迷人的曲線。媽說那是平地人的腳，不是拿來站的，他們都是坐著、躺著在賺錢。

傍晚送走最後一位病人，我便將鐵捲門降半，整理病歷準備關門。這時突然從門縫鑽了個人，一看，是光電業務小陳。

「休息了嗎？」小陳明知故問。

「沒關係。」我微笑回答，轉身拿起掃帚時翻了個大白眼。

秦醫師把小陳邀進診間，我隱約聽到他偏頭痛又犯了，想吐。醫師問他最近有沒有喝酒，小陳說比較少，醫師就告訴他「該喝就喝，突然不喝會戒斷，頭就會痛。」

「霞，幫我抓九顆十七號，磨粉喔，小陳要配酒喝。」秦醫師喊。

光電小陳是設備商派來鄰里溝通的業務。秦醫師曾跟我說小陳的公司是「饋線蟑螂」，我不明白這四個字的意義，只知道這幾個字不太好發音。三合村裡，有很多外地來討生活的年輕人，村子裡都習慣在他們名字前面加個職稱，好記憶。如：保險小安、汽車小凱、光纖小李、裝潢小白。這些業務不論颳風下雨，都會騎著機車穿著襯衫在三合村蜿蜒的道路上穿梭，中午在便利商店裡睡覺，下午在檳榔樹上貼傳單。其中，光電小陳的腰是最彎的，他遞上名片時總會誇張地鞠躬。總喜歡把「誠意」和「溝通」掛在嘴邊。

藥粉拿進診間時，正好聽到小陳問：「今天晚上太陽能光電的那個會議，你會來吧？」

秦醫師和三合村裡的一些社會賢達一同投資了接近五甲地的太陽能光電，除了秦醫師外，都是外地移居三合村的人。這些外地人大多居住在主幹道附近，過於原生的叢林令他們恐懼。綠電，他們是這麼說的，說這些太陽能板比那些砍下的雜木林還要更環保，更有經濟效益。

「自己賺自己的退休金，不用靠子女。」「你的農地、原保地想種電嗎？」這些斗大的標語立牌插在村口。但真正攻入老農和村民心裡的，還是小陳那根舌頭。他會關心老農，足底筋膜炎怎麼一直沒好？問問農務子女有沒有要接，再適時遞出名片，說設備和流程他都能幫忙跑。

我直直瞪著秦醫師。今晚，我們約好要去高雄幫我的電子耳調頻。我能忍受秦醫師很多事，包含他杯子喝完都不洗，或是他要回家陪老婆不能常常和我在一起。但我無法忍受他食言，因此當他用無辜抱歉的眼神回望我時，心底只有滿滿的失望，真的快被他氣死。

我氣到懶得和秦醫師說再見，小陳一離開，便拿起包包甩門走人。我沿著三合路一直走，一直走，走得很用力，電子耳判斷鞋跟的聲音是重點音訊，便消除了隘寮溪上的風聲底噪。我感覺有個人在我腦子裡孤單地跳著踢踏舞。

拐了個彎，往河堤走去。苦楝盛開，淺紫的花開滿整座河堤，開在墳地，開在陌生人家前的院裡，開在鳳梨田中。淡淡的清香和檳榔花很像，配著傍晚涼風灌進肺中，我慶幸自己的嗅覺和視力沒像聽覺那麼糟。

一輛車子向我逼近，我用餘光看見秦醫師的保時捷休旅。他開得很慢，貼著我前進，秦醫師把副駕的門打開。車子的警示音響個沒停，還好我高頻的聲音感度差。

「上來啦。」他緩慢滑行，我仍繼續走。

車子沿著緩坡前進，邊坡上彩繪著很醜的山豬和一些微笑拿著弓箭的獵人。

我指指電子耳，雙手一攤，聽——不——到。

「Seliyap！你要走去哪啦？高雄在河的對岸！」秦醫師知道我在裝，拉高嗓子喊。

腳好痛。我把鞋子扯下，丟進他的車子裡，一個翻身跳過護欄，往河床下切。春雨未降，隘寮溪仍是旱季，乾瘦的芒草梗子從卵石縫內鑽出。部落裡孩子的腳掌可以完美貼合這些卵石的曲度，走起來不費力。小時候，上游的河川會帶來許多繪上優美紋路的石頭，晨昏之時這些細細的紋路會閃耀金光，像是溪裡的星星。有一天城裡的人們發現了這些石頭，說它們是「龍紋石」，是礦脈中的金、銅、鐵礦在柔軟卵石上的鑲印。人們很快地，把童年的星星搬離隘寮溪，留下蒼白的泥與沙，留下荒蕪。

「幹。」我的左腳突然陷進一個軟物，流出鮮紅的漿液。哪個白癡在河床種西瓜啦？

一個西瓜的空檔，秦醫師追上了我。我知道他平地人的腳不習慣走這種路，但我還沒打算原諒他。

「覺得我麻煩你可以說啊。」我對他喊。

這句我說得太急，語言治療師跟我說過ㄇ要比ㄆ多一點鼻子的氣流。我還記得治療師要我把食指壓在鼻翼，感受鼻腔的震動。ㄕ是擦音，要感受舌尖背和前硬顎間的空氣振動。

我忘記那天我們站在隘寮溪的河床多久，幾群歸巢的白鷺飛過，遠方三地門的街燈亮起，草蚊仔輪流在我們頭頂聚集。秦醫師有個壞習慣，他很愛把話講滿，跟你保證很多事，他的確能力也夠，所以你很容易相信他。而當他失約時，那道歉又是那麼的真誠，然後他會過度認真地想要彌補，認真到你可能會覺得：「算了，就這樣吧。」如此妥協。但這樣公式化的劇情一再上演，最終我開始懷疑，是不是連失約和道歉他在一開始都已經計畫好了？

「蚊子好多，要站多久？」我好像最後那麼說的吧？

「小山羌生氣了喔？」秦醫師說。這句聽起來超歧視的，你看過山羌？我回問。當然，當我是智障平地人嗎？他笑。

「在木柵動物園看的。」秦醫師的幽默感很欠揍。

上了車之後，秦醫師帶我到村子裡的第二間7-11。三合村還沒偏僻到連便利商店都沒有，但第一間和第二間的空檔確實很長。

「你去過轉運站的那間7-11了嗎？有賣那個氬氣咖啡喔。」來診間的病人前些陣子都在聊這個話題。

「是氮氣咖啡啦。嗯嗯，舊的那間狗味太重了。」秦醫師如此回答。

我們在面對河堤的高腳椅上坐下，吃著冰淇淋。便利商店裡電視循環播放著一九年的HBL賽事，我曾多次看過同一對老夫妻打賭比賽的勝負，但我沒告訴他們，普門中學打一百場也不會贏永仁。

又到了大水蟻紛飛的季節，店員在日光燈下厭世地掃著滿地的蟻翅。脫翅後的蟻在便利商店的玻璃上找尋另一半，準備交尾。我想著這些白蟻是怎麼在聲音無法傳遞的情況下，不同窩的蟻群，在同一晚紛飛的呢？

秦醫師說他沒給我看過電子耳的收據，也沒打算給我看。聽見，很重要，但要聽懂、聽清楚是要練習的，付錢給我裝上電子耳也不是意味著要聽他的，秦醫師要我自己聽，自己想。

「那你知道我現在在想什麼嗎？」我問秦醫師。

他笑著看我，愣了幾秒，用指腹把桌上一隻大水蟻壓死，搖搖頭。

「我在想，如果同時把我們兩個的頭，塞進那台微波爐裡加熱，我腦子裡的線圈爆炸，夠不夠炸死我們。」

我看著秦醫師的眼睛，尋找深處動搖的部分，窗外稀疏的車流在瞳孔中留下一道道冷色的刮痕。

光電會議辦在祈禱院後方的鐵皮下，我們抵達時大夥們已經喝開了，幾個年輕人搶著麥克風，三個在笑，兩個在哭，幾隻野貓在桌底穿梭撿拾食物殘渣。我總覺得奇怪，明明祈禱院裡面漂漂亮亮，有冷氣也有好的桌椅，但大家總愛擠到這些簡陋的鐵皮下，幾張破爛的椅子凳子，或坐或蹲，點著蚊香抽菸喝酒。

「大醫師來了啦！遲到罰三杯唷。」人群中有人鼓譟。

秦醫師坐在光電小陳旁，非常迅速地把桌面的三杯米酒給Shot掉，最後一杯飲盡時把酒杯倒扣在頭頂晃了晃，看著對面的村長。村長對著後方在玩爵士鼓的小孩吼了幾聲，跟他說「耳聾姊姊聽了會很煩。」小朋友鼓棒一丟便鑽到祈禱院的深處。

「醫生啊，你那幾萬塊的音響什麼時候輪到我們爽一下？藏在哪裡啊？」村長抓了一大把花生，邊吃邊問。

「人家有在玩的發燒友，音響沒百萬都只是聽個響而已，什麼高音甜、中音準、低音沉，我們這種鄉下人聽不懂啦。況且，秦醫師這組音響，買是有教育目的的，對吧？」光電小陳看向我和秦醫師。

一群人在聊天是最考驗聽力的時候，聲音很容易糊成一片，像是不斷拍打的海潮。光線昏暗，口型難以辨認，電子訊號不斷點亮腦區，久了便會刺痛、暈眩，我下意識摀起耳朵，才想起來接受音訊的是位於顳側的體外機。

「我先去附近走走。」我輕聲告訴秦醫師，便起身離去。

祈禱院後方是一區咖啡園。園區的上方拉了四條仙女燈，球狀的暖色燈泡延伸至咖啡園深處。我走在灌木叢間的土丘，腳底不斷壓過腐敗熟軟的漿果，黏液使每一步都走得沉重。晚風難以滲透茂密的灌木叢，咖啡園裡是悶熱潮濕的，我解開襯衫綁在腰際，將胸口露出。仙女燈點亮我鎖骨上的汗珠、枝幹上的果實、林地上一些生物的鱗片。腳步聲、樹木輕搖的摩擦、遠方人們的歌聲，以不同頻率的電子音在腦中響起，我還在學習如何辨認這些聲音的位置及遠近。走道的尾巴，咖啡園的盡頭是一座池塘。

方才在打爵士鼓的男孩站在池邊。你在幹麼？我問。他突然站起，手背在身後，一副做錯事的神情。

「在給青蛙抽菸喔？玩啊，我要看。」我看見男孩腳邊一隻青蛙，兩腳被固定在土中，嘴裡含著一根水鴛鴦。男孩仍立正沒有動作，我便過去搶了手中的打火機，將青蛙嘴邊的鞭炮給點燃。

鞭炮開始冒煙後我們趕緊躲進咖啡林。從枝葉的縫隙中，我看見青蛙鳴囊鼓脹時的白，圓潤眼眸中仙女燈的光火，嘴邊的煙。我感覺自己的心跳與鳴囊的膨縮同步，耳邊只有炮紙燃燒的細響。爆炸的瞬間我感覺電子耳向我腦袋緊縮、發燙，鞭炮的響聲悶悶的，伴隨著輕微的暈眩感。

但整個過程我還是沒聽見半聲蛙鳴。

「好無聊喔。」男孩看著地上一抹灰灰的痕跡，青蛙不見了，沒有四濺的內臟，也沒有腦漿和鮮血。想用小小的鞭炮製造大大的刺激，這樣的想法有些天真，因為，三合村就是個沒有什麼大事發生的小地方。我抓起男孩的手，湊上去聞了聞，手心有硝煙與乳酸的腥臭，汗水中有燒稻草的氣息。

「回去好好禱告，好好懺悔，然後再想一下要帶我玩什麼。」我在男孩耳邊輕聲道。男孩點頭，說：「下次我們再試試讓青蛙坐太空船。」他鬆手，大喊一聲，跑進咖啡園裡，喊說下次會準備更多的鞭炮和一個奶粉罐。

光電會議結束，我載秦醫師回市區，今晚他要在老婆那邊睡。路上他問我今天會議聽到什麼？我說聽到村長說光電蓋在那邊會干擾生態。

「那你就只有『聽到』，沒有『聽懂』，村長意思是，我們工程車施工經過的那幾塊地需要事後回填、重鋪，我們給他們的三百萬還不夠啦。」秦醫師笑，轉身把頭塞進肩窩。

今晚吹南風，溫暖的水氣撞到真笠山，輕輕地包覆三合村。深夜的88快速道路上，汽車擋風玻璃反潮微濕，沾惹上一些落葉、細塵，和幾片被捨棄的蟻翅。

半年後的一個清晨，祈禱院玩鞭炮的男孩，坐在阿公機車的後座去上學，經過一個沒有紅綠燈的路口，被一輛砂石車給撞上。阿公大腿骨折，男孩則是噴飛到路旁的蓮霧園中，腦漿四溢。

我感到十分可惜，其實滿想看看青蛙坐太空船的。

隔日下午開診前，小陳傳了訊息過來說：「出事了。」我從調劑室的小窗看見秦醫師一臉驚恐，唇無血色。

工人上午在整理光電太陽能預定地時，挖到一處鬆土，他們繼續深挖，竟發現滿滿的骨頭。起初還以為是什麼動物的遺骸，直到敲到一顆人類頭顱，才驚覺事態不妙。

而這顆頭顱此刻正坐在秦醫師的桌上。

工人們用芒果套袋將頭顱給包裝，秦醫師將頭顱取出舉至眼前。顱骨的耳窩上方有一處破孔，像是被子彈射穿的痕跡。

下診後我們急忙來到預定地，到達時光電小陳已經插著腰站在坑旁了。

「秦醫師。」小陳擠出笑容，遞上了香菸。秦醫師搖搖頭，問狀況怎麼樣？小陳嘆了口氣，指了旁邊的大洞。

眼前坑裡亂七八糟塞了滿滿的遺骸，骨頭大多破碎斷裂，有些沒斷乾淨的骨頭上還有砍傷的痕跡。我們數了數能見到的頭顱，至少有七具。傍晚剛下過雨，骨頭上的泥沙被洗去，看上去就像剛埋下去的樣子。

「秦大哥，老實跟你說，這件事我和上面報告了，他們會擔心在這樣的地址上施工，可能會有一些反彈的聲音啦。而且，之前應該跟你談過，我們老大他比較……。」小陳彎腰搓揉著雙手，手都快被磨出血來了，講話越來越小聲。

「迷信？有，你說過。」秦醫師嘆了一口長氣，蹲了下去，撿起一根肋骨。

「他有透露一點疑慮啦，說，如果這事沒好好處理，最壞的情況他們可能會抽離資金，去找別的村子合作。」

「這事我會跟村子裡其他人商量，和一些長老、頭目溝通，放心。」秦醫師把話搶了過來，「放心」二字說得特別重。

他們繼續在那站了好久沒說話，瞪著那些骨頭，好像多看一點就會消失似的。過了好久，起風了，伴隨一點細雨，空氣裡有雞糞的味道。

我盯著那些骨頭，發現土坑深處有很微小的聲音，唧唧唧唧，微弱的電子訊號，我頭骨裡的線圈熱熱癢癢的。歪著頭，我試著接收更清晰的音訊，唧唧唧，我心跳加速，眼睛睜大。我好像，聽見骨頭在說話。

小陳輕聲說，那口氣不是業務的調，而是更純粹的疑問，他說：「你覺得，這些骨頭怎麼來的啊？」

「可能是以前漢人和原住民搶地，把人殺了就全部棄屍在這吧？」秦醫師把骨頭扔回坑裡，不知道，我亂猜的。秦醫師說，以前原漢衝突、械鬥大多發生在山麓地帶，像三合村這樣的地方。

「如果是真的，那些漢人幹麼這樣欺負人？還搶人家的地？很奇怪齁？」小陳笑嘻嘻地說。

晚上秦醫師帶我進市區去調頻。聽能復健過程有察覺、區辨、辨識、理解四個步驟，我告訴聽語言治療師，一回上班前經過國小旁聽見一種新的聲音，腦子裡的高頻電子訊號不斷衝擊，節奏規律緊湊，我四處尋找聲音的來源，以為是哪裡施工，後來一個學生指著黑板樹說，那是蟬聲。

人生第一次聽見蟬在叫，不知道為何有想流眼淚的感覺，好像第一次發現夏天一樣。

治療師說我察覺了蟬聲，接下來就是要去區辨蟬聲和施工、蟋蟀、說話的聲音，辨識然後理解。

治療的過程秦醫師一直在診間外講電話，他眉頭深鎖，話講得很用力，手勢好多，很好笑。我好想出去用指腹去按壓他的眉心，跟他說小心長皺紋。

「Seliyap，專心。」聽語治療師拍了拍我的膝蓋，告訴我妳聽到什麼，他用一塊板子擋住他的嘴巴，避免我去讀口型。治療師說我進步不少，大概可以聽懂七成的句子了。今天把「幸福」聽成了「辛苦」，把「引擎」和「隱形」搞混，以為「戶頭」是「骨頭」。

治療師調整電子耳的數據，然後幫我開通了「專注模式」和「人聲模式」的功能，讓我在工作時能消除周遭干擾的環境音，專注眼前的事物。

離開前他問我還有什麼問題。我想了想，問他，為什麼我聽不見青蛙在叫？治療師愣了一下，微笑說可能是頻率的問題，也可能是聲音太小。

「搞不好，青蛙根本不會叫，我住高雄也沒看過青蛙在我眼前叫。可能有人在騙吧？」治療師說。

每次調頻完秦醫師都會買一些宵夜然後帶我去汽旅休息，做的時候他總愛把我的電子耳摘下，說這樣我比較敢叫。他問我治療順利嗎？我說，是能怎樣？就差不多差不多。

幾天後小陳拿了一大袋衣服來診所，打開一看是好幾件原民風格的背心。

「動土典禮上，我們幾個關鍵人物就穿這個，象徵我們和這裡的原住民同胞，同心同意啦！」小陳邊說邊扯了兩件出來。

秦醫師拿了一件背心給我，問我需要嗎？我是在場唯一的原住民。

我瞄了一眼背心上紅紅白白的圖騰，安靜地說：「這根本不是我們族的衣服。」我們的服飾是植染的黑底鑲金、藏紅。十字繡的是陶壺、蛇紋、人面，針上綴珠、羽毛、貝殼。絕對不是手上這種工廠印製的垃圾。

「要妳穿這個妳應該會很不爽吧？」秦醫師小聲地問。

「不會啊。」我把背心套了上去。反正付錢的不是我，你們很需要有真的原住民站在你們這邊吧？我沒差，講好的東西有蓋好就好。

唉唷，秦醫師滿意地笑，說：「有人開始聽懂了喔。」

傍晚秦醫師又帶我去廢棄國小，我再一次坐在黑暗的中心，雙手緊抓電腦椅的扶手，等待蛙鳴。

我好像聽見了什麼，告訴秦醫師，他說他根本還沒放音樂。原來聲音是從窗外的隘寮溪傳來的，是夜鷹？螽斯？還是溪水聲？不重要，秦醫師把窗關起，拉上厚重的窗簾，我要你聽的是台北植物園裡的聲音。

秦醫師說他在台北讀書時住在親戚家，童年的朋友和爸媽都在三合村，當他孤單的時候就會躲進植物園的樹叢中，想像自己回到了隘寮溪、回到了三合村。

現在真的回到三合村了，偶爾還是會想念台北的日子，人就是那麼賤，秦醫師苦笑。

我放大一切的感官，看見音響的薄膜震動，細微的塵埃擾動。脫鞋，腳趾在地毯上摩擦，我聞到灰塵的味道，聞到雨的氣息。此刻隘寮溪上游的一隻山羌跌跤，我都能感受到。我聽到背景人們散步的聲音、車流聲、樹葉翻動，我感覺此刻正坐在台北植物園中，熱帶植物園區的林子裡，一切是那麼的立體，聲音穿越龜背芋的葉隙，切割，出現了形狀。

一段規律的節奏音傳來，我舉起手，指向音源。秦醫師說那是南海路上六三〇路公車的進站聲。

「有聽見青蛙嗎？」左前方，那裡有座荷花池，秦醫師問。我搖頭。

秦醫師說，他要讓我聽的是想像中未來三合村的聲音。很多外地人不知道，他們以為落後村莊可以看見泥巴路騎山豬，但我們都知道不是。如果光電產業進來，人進來，資金進來，我們希望的是更密集的客運班次，希望有不會讓機車避震一天到晚壞掉的路，我們希望有5G，我們希望學校裡的學生能比教職員還多，也希望巷口就有全聯。但如果我們都沒有想像，就聽不懂產業生態共榮的暗示，聽不見進步城市裡的蛙鳴。

幾天後一個悶熱的下午，衛生所來電告知，三地門的一個瀑布祕境有名女性遊客被蛇咬傷，據轉述，咬傷部位腫脹，脈搏微弱，希望我們支援前往。童年會走路之後，我就和部落裡的小孩們在村裡到處騎摩托車，有時繞去山頂看阿兵哥的跳傘機滑過三合村上空，有時騎進墓園裡，用墳上的土丘越野。而現在，每當有這種荒山野嶺裡的鳥事，衛生所都會想到會騎越野又會醫療的我。

通往瀑布有一條古老的獵徑，需要涉水數次，有些地區狹小陡峭，四輪車進入不了。我繞到診所後方的車庫，掀開積滿灰塵的帆布，把越野摩托車牽了出來。我們先繞去衛生所拿了衛星電話、血清和升壓劑，藥品裝在防震的保冰盒，秦醫師迅速地把藥品收進防水袋中。

「民眾有說蛇身上有三角形啦，我裡面有放百步蛇血清，你們到現場還是要看症狀。」衛生所的主任叮囑我們。

我點了點頭，手腕一轉，催緊油門。沿著隘寮溪旁的產業道路騎了一段，天色漸暗，我們繞了一下子才找到獵徑。

雜木茂密，獵徑蜿蜒，我們不斷被橫生的枝幹拍打身軀，電子耳的訊號亂七八糟，我大口吸著林間的空氣，避免暈眩噁心。切過一段淺溪之後，我們沿著河床挺進，不久抵達飛瀑祕境。近幾年三合村附近出現了很多「祕境」，ＩＧ上可以看見許多穿著緊身瑜伽褲的網紅，在深山的瀑布下閉眼凝神的模樣。

我們趕緊為傷患檢傷，發現病患被咬傷的部位腫脹、血壓低、意識渙散、無神經學症狀，我們當場判斷是出血性的蛇毒。秦醫師問一旁的友人有看到蛇嗎？他們指著地上一團模糊的生物，有人說道：「別擔心，我們已經幹掉牠了。」秦醫師瞄了一眼血肉模糊的蛇屍，便從保冰盒中取出百步蛇血清，邊注射邊說道：「你們覺得很驕傲嗎？跑到別人家裡把牠幹掉，很厲害嘛。」現場一片沉默。

不久後遭蛇攻擊的女孩恢復意識，開始哭泣。一旁瀑布很吵，我把電子耳切換成專注模式，效果不錯。不久，女孩抬頭，看見我的臉，你們什麼族的？她問，見我沒回答又說：「姊姊，能告訴我你們族語的『謝謝』怎麼說嗎？」

我包紮傷口，抬頭和她眼妝哭花的臉龐對到，餘光又瞄見那隻可憐的百步蛇，然後回答：

「不是很想告訴妳吔。」

動土典禮當天風好大，活動中心門口的布條被吹得啪啪作響，上方「動土典禮」四字後方被硬黏上「暨戰士慰靈大典」，字體還不一樣。

秦醫師、投資人和一些政客穿著原住民「風味」背心坐在第一排。秦醫師的太太也來了，她穿著深藍色的露背洋裝，那雪白的美背彷彿就是要羞辱坐在後方的我一樣。部落裡的師母上台致詞的時候一直吃到頭髮，吹進麥克風裡的野風讓她的致詞支離破碎。幾聲高頻噪響秦醫師摀耳轉頭對我露出古怪的表情，我指指電子耳，電池被我拔掉了。

輪到秦醫師致詞，我不太甘願地把電子耳開啟，一旁籃球場孩童的尖叫嬉戲聲像是小野獸在吼，趕緊切換「人聲模式」，改善了些。真是讚嘆科技的力量呀，我想。

秦醫師在台上說他從小在三合村長大，說他還記得和父親去隘寮溪釣捲仔、找龍紋石的童年。他說父親在溪床那些生苔的卵石上都能走得好穩，說他一輩子也學不會那如山羌般靈敏的步法。他還記得在衛生所寫功課的某個晚上突然停電，父親和護理人員到處找蠟燭，找不到，只好把病床全部推到有緊急照明的候診大廳等電來。然後一隻迷路的螢火蟲，從敞開的大門悠哉悠哉地飛進，停在男孩的鉛筆盒上。

他還記得在台北讀高中時，一通三合村的電話來，告訴他的國小被溪水吃了，沒了；幾年後又一通來，告訴他的父親，也沒了。

最後秦醫師說現在那位小男孩長大了，回到三合村，他想讓村裡、部落裡的孩子有好的學校可以念，有電，可以好好學習、長大。他說光電太陽能只是第一步，未來的每一步要像父親走在苔石上的步伐，謹慎又堅定。

現場響起如雷的掌聲，掌聲大到電子耳瞬間降聲保護。

我看著秦醫師瀟灑地走下演講台，好幾個政客都趨前與他握手。光電小陳和他擁抱，村長眼中泛淚地拍了拍他的肩。

秦醫師坐下前輕吻了太太的臉，我感到心底吹進了一陣涼風，使內臟緊收。我忍住流淚的衝動，想著，為什麼我會記得把電子耳的電池拔掉，但不會記得閉上眼睛呢？

光電的工程很順利，那些沒用的雜木和石頭被順利移除，遠從市區坐遊覽車來抗議的環團也被順利地請去吃飯，一旁園子裡的芒果樹也被順利移平。

那些土裡的先人遺骨被支解後，平均裝進黑色的大帆布袋裡，卡車把這些黑袋運往廢棄的國小暫放，等待後續處置。光電小陳說，上頭希望這些骨頭能分批運出三合村，越遠越好。要夠遠，這些亡魂才找不到報復的路；要夠分散，他們才不會團結一心。

一隻大冠鷲從隘寮溪旁的血桐上振翅起飛，隨著熱對流的氣旋盤旋而上，溫暖的陽光灑落，大冠鷲的影子映照在巨片的太陽能板上。三合村裡的三合路上車流稀疏，在鷹眼裡只是荒蕪中的一根細針罷了，雜貨店前喝酒的中年人、咖啡園中的腐爛漿果、診所前的百合花，一切都如此渺小、無聊。

三合村裡的村民是開心的，開心地期待光電產業帶來的收益，開心地夢著幾萬瓩幾萬瓩的電從天上送進光電小陳爭取來的饋線，輸往變電廠，換成鈔票。開心到轉運站那間便利商店的氫氣咖啡買一送一。有了錢，才能建設鄉里；有了錢，部落裡的教會才能幫助更多家庭失能的小孩，有了錢秦醫師才能幫我付雙邊電子耳的費用。

我開始學會一種笑，是秦醫師和饋線蟑螂們握手時掛上的，是在光電會議上合唱〈雙人枕頭〉時的微笑，是村長酒喝開時的那種。

察覺、區辨、辨識、理解。做聽力檢查我已經能聽見20分貝左右的聲音，現在從察覺聲音到辨識，我基本上沒什麼問題。我可以區分打檔車和速可達的引擎聲，也能聽出病人沒有乖乖按時服藥，句尾尷尬心虛的氣音。也會假裝沒聽見那些抗議的怒吼和砂石車疾駛過產業道路的聲音。

治療師和秦醫師都說，我正在理解這個世界的聲音，他們說我慢慢能聽懂了。

電子耳現在半年才需要調頻一次，每次進城前我都會和秦醫師開車到廢棄的國小取一袋用帆布裝起的骨頭，放在保時捷休旅的後廂。有時那些骨頭會唧唧唧唧響個沒完，剛開始我還會怕，怕什麼祖靈回來找我算帳，怕被族人看不起，怕和秦醫師的關係被發現。

但我現在學會了，把電子耳開啟「專注模式」，只聽我想聽的，然後閉上眼睛，不要看那些，不快樂的事。

今天是最後一袋。車來到隘寮溪下游的大橋，橋下溪水湍急，月光下的秋芒如同一大片白色的絨毯，隨著溪上的晚風不斷地梳理。

車子停在路肩，秦醫師問我，要下車透透氣嗎？

「上整天班，頭有點痛。」我微笑回答，早午晚診，三合村的人越來越多了，腦袋裡的線圈不斷地燒。

ㄕ是擦音，ㄙ是塞音，我已經可以很自信地控制舌尖與氣流。

我將椅子放倒，從擋風玻璃望向夜空，我聽見秦醫師打開後廂的聲音，聽見骨頭憤怒的唧唧聲，帆布拖行的聲音，腳步聲，溪水濺起的聲響。

一陣固定節奏的音頻從側方傳來，我在心中數著那聲響的次數，是我從未聽聞的聲音。挺起身子望向橋邊，我看見一隻青蛙坐在奶粉罐上緩慢地升空。鳴囊鼓脹，透白且脆弱。那聲響也是脆的，很輕，如隘寮溪上旱季的沙，如三合村裡人們的夢。青蛙坐在奶粉罐火箭上，飛向宇宙的深處。罐子下方有火焰，刺眼而潔白的光。

我閉起眼睛。

我好像，聽見蛙鳴了。

第三站 五甲

鶴步的長夜

虎哥把相機交給我時，拜託我將剩下的底片拍完，洗出來，好讓他知道鈺威究竟是怎麼走的。

「我們乾脆鏡頭蓋蓋著，直接將剩下的張數過完就好？」我問。

虎哥搖頭，沒有說話。

「虎哥您放心，我會好好處理的。」我將那台Canon QL-17收進相機包。

從山上回來後下了七天的雨，給了我不去攝影的理由。

但實際上，我一直沒有勇氣推動過片軸，將圓盤由22向前一小步。社辦氣氛很糟，車軌夜拍的社課停課，團購的快門線還用橡皮筋一綑綁著，丟在桌上，像是一束黑色的花。暗房的門敞著，沒人有心情處理底片。

搭了夜車來高雄，入住五甲的旅社。明天學校那邊辦的追思攝影展要開展，同時高雄這裡的公祭也要舉辦。訃聞上的地址很熟悉，幾次攝影比賽鈺威的獎狀都往那寄。

地址下附註：瑞光街四十二巷右轉，鳳山溪旁第三間透天厝。

我將行李放在床上，一打開就看見學弟妹寫的卡片，託我帶來的，感覺上比相機、腳架還要來得沉重。

房間裡有股廉價香水和菸草混合的味道，我沒開燈，窗外招牌的霓虹均勻地照在老舊的家具上。我隨手抽出一張卡片。

Dear：「銀鹽研究社社長 唐鈺威」

我打了通電話回社辦，電話那頭是教學長琪琪。

「副社，我們追思會的攝影作品都掛好了，晚一點廠商他們會過來架鹵素燈。」

「辛苦了。」我提醒他們明天時間要抓準，開場不能拖延。琪琪說他們等等還會再走一次細流，要我放心。

「你覺得這兩張照片哪個好看？要放門口接待處的。」螢幕上兩張鈺威的攝影作品跑出來。

「你怎麼不去問唐鈺威？」我掛掉電話，很不想講，其實兩張都是傑作。

「這裡，是真正創作的地方——」開學時迎新說明會，鈺威站在講台上用手背敲了敲黑板，上面用粉筆畫著一台底片相機。

「我們是研究底片的人，大家要想清楚，如果要聯誼的，學校還有很多其他的社團。」當時還是負責招生的琪琪很用力地清了一下喉，幹部群笑成一片。

然後鈺威開始講 Edward Hopper，每次都是 Edward Hopper，美國二戰時期的現代主義畫家。你給新生看了 Hopper 是怎麼以大色塊、都會、女性構築大城市的寂寥與沉默。首先，是那張最著名的《夜鷹》（*Nighthawks*），畫面以透視的方式，由大片的窗子窺探午夜街角的咖啡廳，酒保、身著西服的男子、紅洋裝少女每個人都沉浸在自己的世界裡，沒有對話。

「那時美國，珍珠港剛被炸過，大家歷史還可以吧？總之，整個社會都很低迷，這張畫，給了當時人們一個安放悲傷情緒的位置。」

「想哭的時候，可以進來跟 Hopper 安靜地喝一杯唷。」鈺威喝了一口講桌上的可樂娜，以乾杯的方式 Cue 放投影片的學弟切到下頁。

「延續上一張的主題，為什麼我們選擇『底片』這個媒材？很文青？裝高尚？」鈺威望向我，我用口型回他：「不然呢？」

鈺威繼續說，Hopper 的畫作裡，色塊與處理明暗的手法其實有很細膩的筆觸感，底片的銀鹽顆粒比起數位，在成像上更接近繪畫。然後社長帶大家看了下一張的《阿富汗少女》，放大，頭巾的陰影是這張照片對比的展現，想像他是水彩的漸層。底片，在這裡展現了如畫作般的寬容度。

「好了，沒興趣或是沒感覺的人，你可以走了。」鈺威style的激將法。

我聽他講完一大段，其實真的覺得挺無聊的，但看到前排那幾個小學妹看得如癡如醉，就不忍心拆社長的台。幹部群在檢討的時候，很擔心鈺威這麼硬的社課會把人嚇走，但回饋表收回來才發現，很多人就是為了唐鈺威而來的，為你而來的。

一直不想跟你說，我也是。

我從行李深處挖出相機，那是一塊扎實的小鐵磚，Canon的QL-17。五瓣葉片形成的光圈可以拍出五角形的可愛光斑。擊發快門時，葉片收束，猶如心臟瓣膜的開閉。這台的快門聲是比較內斂的，不是截斷時間的刀片，比較像是一隻精巧的手，將風景給握住。

「咻——咖吱。」很流暢地收放。

「你到底要我怎樣？」我將相機舉至眼平的高度，對著鏡頭說。

打開手機導航，輸入訃聞上的地址，距離七・一公里，步行時間需一小時三十一分。路徑切入鳳山的核心，再沿鳳山溪溯源北上。

我決定步行出發，天亮之前把底片拍完。這樣在靈堂見到你爸，虎哥的時候才好交代。

深夜五甲路上還有好幾間店還亮著，四海豆漿、楊桃汁、東急屋百貨、電子遊戲間。我隨意找了條巷子拐進去，上次這樣純粹為了攝影而熬夜是什麼時候？好像是那次跟你去茂林拍廢墟吧？蚊子好多，你在空屋中點了煙餅，架兩盞RGB冰燈，一粉一綠。光著身子，在光和煙之間舞動，你說那畫面美到蚊子都捨不得叮你。

「怎麼可能？你噴了半罐的敵避啊，整間廢墟都是柑橘和尤加利的味道。」

今晚吹南風，整個高雄有海的味道，深夜大船出港的汽笛聲格外清楚。經過一間媽祖廟，我踏入了一片重劃區，幾棟潔白的大樓圍繞著一處小公園。公園裡有兩名男子，揮舞著長竹竿，竹竿上繫著白布，像是在招魂。

我們保持一段距離，對望了一陣子。這時我才驚覺，我在半夜穿著黑色西裝、拿著古董相機，樣子應該挺嚇人的。我想起鈺威曾在白板上畫一隻穿西裝的黑貓，不悅的半圓眼睛像是兩片小玉西瓜，眉頭深鎖，嘴巴噘著。你說那隻貓就是我。

「超像的吧！」你跟著社團幹部大笑，我越氣，你們笑越大聲。

公園中一位皮膚黝黑的大哥先開口，他自我介紹，姓楊，是這裡的里長，旁邊穿著背心的年輕小伙子是房仲。

「明天朋友喪禮，我是攝影師。」我簡短自介。

「我們在趕鳥啦。」房仲伯放下竹竿，擦了擦汗。

「講起來很好笑。」里長道。

最近生態變好，鳥都回來了，然後你聽，那個很像刮保麗龍、玻璃摩擦的尖銳聲音，就是夜鷹在鳴叫。里民一直在說聲音會在社區裡迴盪，睡不著，要我來處理。就說便利商店不要開在那，房仲補充。你燈開一整夜，什麼蛾、大水蟻、隱翅蟲全被吸過來了。蟲一多，鳥就多，我房子就難賣。

好不容易搞好的生態，現在又要把它破壞，很誇張吧？

其實沒有很誇張，你看，跟電影底片根本同一回事。

玩底片畢竟是花錢的嗜好，大學時為了省錢，社團曾購入四百呎片盤的電影底片來分裝。大家圍著社辦的大桌，吃著布朗尼和我沖的手沖咖啡，一起來做家庭代工。

這次裝的是日光片，想說暑假快到了，出門拍照比較方便，幹部群認為學弟妹接受度應該會比較高。我將底片放入暗袋，裁剪成適當的長度。比起普通三十六張一卷的底片，多塞個一到兩張進去是我們社團的傳統。

「你相機顯示底片歸零的時候，再勇敢地過片看看，有時候還會有驚喜唷！」在食堂擺攤時你是這樣宣傳的。

學長，我想問，日光片跟之前500T燈光片一樣都有石墨塗層嗎？琪琪提問時都會舉手。她補充，之前很多相館都說有那層石墨，藥水會吃不進去。

據我所知都有，片商拍片時，希望拍到人造光源的時候不要產生Flare——耀光，所以底片出廠就會塗上這層碳膜。我自己是請人家沖的時候，會增感一格。鈺威，你之前不是說有解決方法？

鈺威頭也沒抬只淡淡說了句：「喔對啊，用橡皮擦擦掉就好了。」

所有人都露出了驚訝的表情，琪琪的那聲「蛤？」更快要把社辦老舊的窗子給震破。

不然呢？就碳墨呀，擦的時候不要刮到底片就好啦。

柯達特別塗上去的美意，大家不領情，反而要把它擦掉，底片一定很難受。

如果我沒記錯，你QL-17裡面應該是裝我們社團的電影底片吧？那不是正巧？拿這款大家「嫌」石墨太厚的底片，來拍眼前這群「嫌」生態太好的人們，你應該會懂這層意義吧？反正你的幽默大家都很喜歡。

夜鷹在晚空發出高頻鳴響，躲過人們笨拙的竹竿，追逐著一隻趨光的飛蛾，俯衝，消失在夜裡。

鼓起勇氣，轉動過片軸，輪軸帶動齒孔，喀啦、喀啦、喀啦、喀啦，按下快門。

來到鳳山溪旁，很意外地沒什麼味道，看來里長說的生態改善是真有其事。溪畔種植著阿勃勒，此刻正盛開著，深夜裡，讓我獨享它的美豔。垂掛的鮮黃與街燈的冷白拉出對比，深藍夜空是柔順的畫布，延伸至溪水，花瓣如細碎的月光，由樹梢滑至水中，流向遠方。

沿著河畔散步，我經過一座公園、汙水處理廠、一間日照中心。機構中綠色的逃生指示燈照著一整排面河的沙發，以落地窗為相框，用手機App測了光，光圈全開，快門很慢，我吸了口氣，點了一下快門，細小清脆的快門聲在安靜的街角響起。

我忽然看見前方路面上有一坨白色的物體，起初以為是誰曬的汗衫飄落，定睛一看，才發現四散的白色羽毛，和一小灘血水。

我想起那次攝影展看到的白色鳥群。

那攝影展的氣氛很古怪，辦在一棟商辦中，來看展的都是一些大叔大嬸，看照片也沒保持鑑賞作品的距離，一個靠得比一個近，有些甚至去觸摸相紙的表面。每張作品下標示著價錢，櫃檯就能付款，簽作品轉讓書。

「這是白鷺鷥嗎？」我站在一張攝影作品前，應該是整個展區最大的作品了吧？

「不，這是丹頂鶴喔。」虎哥搭著我的肩膀說，這次就是看在他的面子上才來的。白皚皚的雪地，晨光中，晶透的碎冰，閃耀著微光。天空是粉金、杏色、灰藍的暈染。天際，一抹薄薄的霧氣升起，四隻細瘦的鳥影整齊排列，在晨曦幽光裡，舞動、發光。

我以讚嘆的口吻提出疑問，回答我的不是鈺威，而是虎哥。他遞出一張名片，上頭寫著「金玉文藝典藏藝廊」，下方燙金細字：唐彪理事長。我連忙向他問候。

看這兒，虎哥指著「飛羽攝影協會理事長」的頭銜。

「大家都是攝影人，相互交流交流。」虎哥和我握手。我急忙向他感謝協會對於我們社團的贊助。虎哥說他看過我那本攝影集《邊緣動物》，說他特別喜歡《燕巢的燕巢》那幾張。

你爸開始跟我講述這張照片背後的故事，他和攝影協會的幾位愛鳥人士，從台搭機到吉林省長春，再坐公交到哈爾濱。最後由地陪，開吉普車四小時的車程，帶著他們到松花江旁的一座小鎮，小鎮四周有星星點點的魚塘，一望無際的泥沼地，以及鶴群育雛的蘆葦叢。你爸在那住了一個多月。他們天還沒亮就會在結滿霧淞的榆樹林中架起偽裝帳，等待日出時的飛行。

天一亮，領頭的雌鶴會放出一聲長鳴，霧氣由鶴嘴湧出，這時攝影師的手指就會黏住快門。鶴群鼓譟一陣，領頭鶴率先起跑，對，丹頂鶴起飛是要助跑的。在結冰的松花江上滑行一段，然後優雅地振翅，飄入風中。林間的快門聲彷彿讚嘆的鼓掌。

「門口那張拍竹子的照片要賣四十五萬！這張照片更扯，我來看看幾個零，1、2、3、4、5、6、7……」琪琪蹲在說明牌前自言自語。

「哈哈，你們都是鈺威的朋友，改天也幫我勸勸他。拍照來賺錢不是不行，叔叔我就是靠這行吃飯的，但底片齣……」虎哥搔了搔下巴，若有所思。

「有鋼筆寫字的雅興很好，但要寫字餬口，還是買台打字機比較實際吧？懂我的意思？」

離開攝影展，踏入正午的三多商圈，瞬間從冷氣房回到高雄熱情的擁抱，我不禁打了個噴嚏。

「改天再告訴你丹頂鶴的血腥祕密。」鈺威湊了上來，塞給我一包面紙。

「我不想聽。」

「很重要喔，這是創作的密技。」

「滾。」

路燈下，血水由鳥嘴流出，染紅了白羽。一隻小白鷺在路旁無動靜，像是睡著般。可憐的小傢伙，繁殖羽還沒替換掉，就慘遭路殺。

我近距離拍攝小白鷺的眼，那銳利的氣息已了然無蹤，裡頭只有一間空蕩孤獨的房間。我將屍體移至草叢，一股河上的晚風襲來，鳳山溪旁彷彿下了場安靜的雪。

進入市區後，溪水流經一道舊城門，兩旁的城牆已拆，僅留孤門供人追憶。城門落款：「東便門」。古城門在鳳山市區中，格外顯眼。手輕輕拂過城門上的咕咾石、花崗岩、紅磚，感受它們不同的質地與溫度。

我走到城門下，幾隻燕子在城門內來回穿梭，牠們難道不知道，城牆已經不在了嗎？

我將腳架由背包取出，將相機給安上，轉動快門環至B快門，準備長曝。

這時突然一台機車由城門呼嘯而過，我抓緊機會趁他通過的瞬間釋放快門。機車突然向我駛近，幾乎要衝撞上來，我為了護住相機，整個人跌坐地面。

騎士在路口停了下來，回頭拋下一句：「幹，拍三小！」便轉身離去。

我緩緩站起，被當成是檢舉達人已經不是第一次了。我檢視了相機的狀況，還好沒摔到，背蓋也沒迸開。你最後的一卷回憶，若是如此荒唐地見光、消逝，那虎哥那邊我怎麼交代？西裝就沒那麼幸運了，膝蓋處的布料磨出一道裂痕，領帶也吃了幾口泥水。輕觸腳踝，發現一處破皮，刺痛發癢。

我只是想把該做的事情做好，怎麼全世界都在跟我唱反調？

我將QL-17由脖子取下，高高舉起，將它砸爛。

很想這麼做，但我忍住了，虎哥有交代，他要把你最後的這卷底片出版成攝影集，所以這卷底片至關重要。

我將腳架當成拐杖，一拐一拐地晃到一旁，找了張長椅坐下來。

意外是玩底片的人必定走過的路，不小心彈開的後蓋、扯斷的底片、根本沒裝上去的片頭、被誤認為檢舉達人……。社團就曾以「意外」為主題下去設計一次的社遊。出遊前幹部群先將底片的標示貼紙撕掉或遮住，畫上編號，給大家來抽籤，抽到哪卷，就要在這次侯硐之旅把那卷拍完。

「先注意一下，大家拿到底片了，我來教一下大家怎麼讀DXCode，這樣大家ISO設定才不會出問題。」過八堵之後你在車廂內對大家說明。

基隆河在窗外時近時遠，與高架道路交叉舞動，火車的空間裡有膠捲和興奮的味道。

嘿嘿，我的Contax T2會自己判讀。可悲的半自動仔，祝你拿到分裝片，抄錯考卷答案都不知道。大家在侯硐車站打鬧，真像是戶外教學的幼稚園。

底片拍完後由社團統一收回、沖洗、掃描。下週社課：甜美的意外攝影展。

「來，誰抽到1號？1號是柯達的Ektar 100，這卷是攝影人的歷史共業啊。」你環顧教室四方。

「這卷啊，柯達向數位的最後迎戰，拿出號稱世界上最細緻的銀鹽，底片想學數位，四不像的。」

投影片切換，畫面上有兩隻貓在互聞屁股。全場笑成一遍，你放大看了一下屁眼，嗯，真的細緻。

「喔喔！籤王來了！誰抽到過期二十年的Konica？」畫面上出現泛黃色偏的基隆河，河上的紅橋變成暗桃紅色，橋上的攝影人在互拍。我默默地舉手。

「甜美的意外啊，這張就是範例了。你們曾經認為富士拍起來會綠、柯達會紅、Konica會很藍，但事實上呢——」你的側臉被投影機打得好亮，陰影很深，雙手抱胸，眼中閃耀光芒，這是你欣賞作品的姿勢。

意外是玩底片的人必定走過的路。

深吸一口氣，夜好濃郁，全身的血液滾燙、翻攪，汗水找不到蒸散的渠道，全壅塞在肌膚與白襯衫的縫隙之間。

我下意識摸索西裝褲的口袋，菸盒裡只剩碎屑。

我粗魯地解開襯衫的第一顆鈕扣，讓胸腔能灌入更多空氣。然後把QL-17湊到鼻下，蒙皮上有你汗水的味道，我想像你掛著它，機背在你的胸口摩擦、撞擊的樣子。這味道比尼古丁還讓人煩惱。

你真會給我難題，明知道我創作程度就只有那個高度，怎麼作你的贗品？怎麼能替你完成你的作品？

什麼又是作品？你告訴我啊！

手機屏幕亮了起來，琪琪傳了幾張追思會的現場照，講台後方是你那張ＩＰＡ銀獎照片的大圖輸出。

作品名稱：〈夜間維修〉by Edward Tang

好像是在高雄前鎮還是小港拍的吧？那一陣子你拍的東西，魚市的女魚販、老書局的老闆、電照菊花海裡的花農。這張敘述的是，一間深夜的機車行，鐵捲門半降，店裡鵝黃光透出，裡頭老師傅和學徒正在修理一台老車。牆上的日曆、工具這些細節你曝光抓得好，亮部沒過曝掉。學徒彎著腰窺視引擎內的難題，眉頭深鎖。老師傅一手搭著龍頭，眼神飄往店外，鐵門外一名身著紅洋裝的女子撐著傘快步離去。高跟鞋踏進水窪，瀟灑地激起滲了霓虹夜色的水花。

電話響了，是琪琪。

「你已讀了。」

在想事情，妳們都準備好了？

嗯，差不多了，剛剛可能太累了，真的不小心把照片LINE到社長那邊，問他有沒有意見。

我們兩個都笑了。

果然是我認識的琪琪，真有妳的風格。我向她道歉，為剛剛發脾氣而懺悔。她說她早習慣了。

對了，你還記得鈺威得獎的那張照片，他有說是在致敬Edward Hopper嗎？還是他自己有別的理念？

哈哈，哪張得獎照片？他超多得獎的。我記得他那一陣子都在拍很寫實的東西。

而且一定用他最寶貝的QL-17，50mm定焦鏡，跟人眼一樣的焦段。

社長有說為什麼他那麼愛那台QL-17嗎？

他沒跟妳說過嗎？他那台是ＭＩＴ的喔。

Canon的底片機不是都日製的？

他那台不是。

是喔？

日光在建築的邊緣勾勒出銀邊，雲層漸射出不同層次的灰，天邊一顆微亮的星，在被淡雅的光線吞噬前，努力地眨眼。遠近開始此起彼落地響起機車發動、穿梭市場巷弄的聲音。新的一天，我起身迎接我在高雄看見的第一次日升。遠方的煙囪飄起一縷細長的煙，應該是楠梓加工區的方向吧？

曾經坐你的機車去找楠梓的Canon舊廠，到了才發現你老媽以前做過女工的工廠早拆了，汰換成一顆顆潔白的鍋爐，和更大的工廠。你說裡面不知道是在做什麼的，但應該有千千萬萬個你的老媽，像她當年仔細地黏貼防曝光海綿一樣，勤奮地工作吧？

然後那天又下雨了，你這個雨神，說淋到工業區的雨會禿頭，就被你騙去旅社休息去了，到了那你根本沒洗頭。

我們像是兩隻歷經風霜的小動物，蜷曲在棉被構成的樹洞裡。我看見光線從棉被和你頸部的隙縫透入，隨著你的呼吸頻率開閉。

你靈巧地翻了身，把相機丟給我，長腿往天花板延伸了出去，精瘦的身軀延展了開來，你一隻手拖著下巴，擺出了撩人的姿勢。

「給你拍。」

第一次見到你就在銀研社，我們脖子都掛著一台底片相機，彷彿是社團裡的身分證。你是QL-17的高個子，我是揹著Nikon F3的害羞鬼。

是你先開口的，這顆鏡頭是傳說中的105mm 2.5嗎？壓縮感很讚。

嗯，是「阿富汗少女鏡」。

唉呀，我不太喜歡那個名字，你知道它背後的故事嗎？

歷史上眾多名鏡都擁有饒富詩意的芳名，例如：廣角名玉——酒吧之眼、Nikon月之鏡、Canon夢之鏡……等等。大多是形容其夢幻色澤的鍍膜或能勝任的用途而命名。也有幾顆鏡頭是記錄了某張歷史名作而賜名，如Meyer勝利之吻鏡，就是拍出那張美軍二戰勝利，時報廣場上水手與護士摟腰擁吻的定焦鏡。而我這顆阿富汗少女鏡當然是在講國家地理雜誌的那幅名作。

「我不認為那張照片是一件藝術作品。」你說。

我很想直接走掉，我愛用什麼鏡頭干你屁事？但你熱情，滔滔不絕，我那時還沒學會怎麼拒絕搖著尾巴的人。

真實的故事是這樣的：記者麥凱拉把當時年僅十二歲的少女從原本正在上課的教

室叫出來，她叫莎巴特，是個安靜乖巧的小女孩。麥凱拉認為當時上課教室的光源不理想，便拉著女孩到一間無人的教室，離開她信任的朋友與老師。他命令女孩在幽暗的光線中為他擺出滿意的姿勢，指使她看進陌生男子的眼眸。這一切都沒有尊重女孩的宗教與意願，這充其量只是一張剝削的證據，一幅虛偽的擺拍。

我沒見過初次見面就能如此長篇大論的人，以為只是剛上大學的我見識太淺，世界太大，我涉世未深。你走了之後我才發現，我世界空了一大半。

大學生涯跟著你混，拍一些小網紅的互惠、模仿動漫腳色的Coser、商攝案子什麼的，能跑都跑。當年Hopper的《夜鷹》也只賣三千塊而已。你笑說，這些都是創作作品要走的路。

還記得三個月前，鹽埕區的深巷中，晶明透亮的安靜空氣，容易過曝的下午，傑克撞球室。我跟你去場勘，還約了外拍的小模，你說要更新一下放作品的ＩＧ頁面，粉絲都說管什麼光圈優先，正妹優先啦。

「喂。」我喊了好幾聲，你還是繼續拍你的照，對焦那褪色的燈箱，等一下一定會假裝雨聲太大，沒聽到我。太陽雨拍打著九號球的燈箱，雨滴滑過凸面，撞球彷彿滾動了起來。

我直接走過去一手把鏡頭摀住，唐鈺威！裝聾啊？

鈺威一愣一愣地，拿起衣角去擦鏡頭，Portra 400很貴，你害我浪費一張。

「你也知道拍人像的底片貴，小模人呢？」到拍攝地已經一個多小時了，撞球室進去不進去？沒有定論。

「我問了啊，她說等雨小一點……」口氣有點心虛，我怒氣快要擋不住了，心想，為什麼大家都能包容唐鈺威啊？只有我知道他是過度浪漫的trouble maker嗎？對，只有我知道。

「不然，你拍我嘛！」語畢，你跳到公寓的中央。

撞球室位於一處公寓的地下一樓，外頭看不出來，但公寓其實是圓柱體的中空結構，站在中庭就能聽見撞球聲在空間裡迴盪。從玄關步入，走下迴旋樓梯，抬頭可見圓柱通天，雨水直接落入，沾濕撞球間歡迎光臨的棗紅門墊。

鈺威跳上中庭一處灌了水泥的花圃，抓著脫漆的燈桿，一手揚向天際，拍吧！

我在鈺威面前蹲下，將鏡頭轉到廣角端。雨勢間歇，斜射光灑入，逆光的鏡頭上浮現彩虹的小炫光，底片人最愛的瑕疵。薄襯衫被微風帶起，我看見鈺威的肋骨像是帳篷的骨架，撐起了單薄蒼白的皮囊。

「你到底要我怎樣？」我對焦那捲翹瀏海下，露齒的笑容，不甘願地按下快門。

沿著鳳山溪繼續前進，途經鳳農果菜市場、假日花市、路邊賣芭樂的攤子。我聽見溪邊有奇特的聲響，空氣被拉扯，由近而遠，細線繃緊的聲音。我跳上護欄，往橋下窺視，一位戴著偏光墨鏡的男子正在釣魚，穿著雨靴，一隻腳踏在水中。他靈巧地活動手腕，利用竿子的彈性將假餌甩出，魚線滑過天空，落水，慢收。一只雷蛙擬餌在水表畫出優美的水紋。

我舉起相機，等待他中魚的瞬間。幾回魚影追咬、水花炸裂，揚竿，卻是無功而返。出水口的草邊顯然是有魚的，男子調整了捲線器的剎車，再次攻入魚窟。這次小蛙被大口吞下，激烈的水聲大響，竿子繃成戰鬥的弧度。我趕緊搶拍。

男子注意到了我，摘下墨鏡，狠狠地瞪了我一眼。

對岸警笛響起，好啦，釣到了就趕快離開吧，這裡禁釣喔。員警用大聲公勸導。

男子很不情願地解鉤，準備放生了那隻泰國鱧，但魚體在落水之前撞擊一顆石頭，魚兒竟往草叢裡鑽去，那個不屬於牠的林裡。

你也是這樣意外地，走進那片森林的吧？

你消失的前一天，傳來一張照片，車庫的金紙桶，裡面滿滿焦黑的底片。

「可以拍三年的底片，你猜多久就燒完了？」

你爸趁你不在的時候，將你冰箱裡的底片全拿出來燒了，整條鳳山溪都聞到刺鼻的化學藥劑味，河邊好幾戶人家都致電一九九九說有人偷燒塑膠。我真的不懂，只是攝影理念不合，有什麼好執著的？作品真的有那麼重要？

人不見了，全世界都在找你，監視錄影器只拍到你駛離街口的背影。警方和虎哥都問我最後一次跟你見面是什麼時候？

——暗房。

有特別說到什麼嗎？

——丹頂鶴。

那是一個初夏的夜晚，社辦裡只有你和我。什麼鬼企畫，凡購買本社的黑白膠卷，第一卷免費沖掃。整箱的底片等著我們處理，你負責藥水的部分，我負責將底片夾起放入溫風機。

我問起虎哥丹頂鶴的巨作。

你冷笑，問我：「你有注意到照片裡的鶴，間距很整齊嗎？」

我回想起那張巨幅的攝影作品，畫面精簡而平衡，彷彿經過精密算計。

「鶴的腳下有陷阱。」

在松花江畔的那個村子，天還未亮，村子裡的小孩會帶著陷阱和誘餌走到攝影人指定的位置，架設陷阱。沒錯，我爸有給他們錢。

為什麼是小孩子？早春河面只浮著薄冰呀，一般人可是會陷進去的。然後天一亮，鶴群起飛，留下四隻中陷阱的鶴，他們掙扎、苦痛的模樣，遠看就像是在跳舞。攝影人會不斷拍攝捕捉那個舞步，轉換角度，猛催快門，直到記憶卡讀滿，直到丹頂鶴精疲力竭。村子裡的孩子們會再去將鳥屍取回，進一步處理。

「進一步處理」究竟是什麼意思，我不敢再問。你說村子裡應該沒有「焚琴」但榆樹很多，燃燒的時候，有汾酒綿甜味長的幽香。丹頂鶴頭頂的丹紅，據說提煉可製成劇毒，是宮廷鬥爭時的暗器，俗稱：「丹毒」。總之，有門路的話，很有經濟價值。

你想告訴我攝影協會很糟糕？很惡毒？

我想告訴你，這不是作品，作品是更生活、更真實的訊息傳遞。鈺威敲打著桌面，顯影劑隨之搖晃。

像你的作品？

你沉默了，彷彿一根細小的魚刺扎在喉嚨，使你不敢噴聲。

我也知道你的一個祕密。

你得獎的作品，不管是電照菊花海中的女工、或是舊書局內打掃的店長、甚至是大家最愛的那張〈夜間維修〉中的紅洋裝少女，照片中這些人物，不，出現的演員——

「——唐鈺威，都是你吧？」你知道現實中沒有你滿意的演員，沒有足以撐起你畫面美感的人，不會乖乖站在你舞台的spotlight，所以你得自己下去，當那畫中的阿富汗少女、演那中陷阱的鶴。

黑暗中，一隻手伸進我的襯衫，貼住我的胸口。

「唐鈺威，顯影藥水很毒。」

「沒辦法，我要看看你的心臟，到底長得是什麼噁心模樣。」

「我到底是你的誰？不要告訴我，我只是副社長。」我感到濕黏的顯影劑沿著腹部緩緩向下流。

「你喔？你是我的小黑貓呀。」

你真以為無邪的笑容就能作為解藥嗎？

鳳山溪旁，我胸口一陣痛癢，從領口向下望去，紅洋裝少女的刺青也回頭看著我，周圍的紅腫還未褪去，零星的血點暈染襯衫。

靈堂到了，鳳山溪旁的透天厝。我往裡頭窺視，看見社團為你摺的千羽鶴早我一步飛來了。

你消失後，社團摺起了紙鶴，家庭代工又再度啟動。琪琪說摺一千隻紙鶴就可以許一個願望，我們沒想太多就拚了命開始摺，學弟妹也很賞臉，都來幫忙。

我們幫助你爸在各大社團ＰＯ出失蹤資訊：唐鈺威，身高一八七，身材高瘦，最後一次看見時身著灰白色上衣、牛仔褲、背包，胸口掛著相機。下方是聯絡方式，你騎車離去時被攝影機拍到的最後身影，一旁有我幫你拍的半身照。

私訊如雪花般湧入，有人說在燕巢郊山看過你，也有人說在台北地下街好像有遇到很像的人，甚至有在菲律賓的華僑說在馬尼拉的一間咖啡廳裡見過你。

「會不會啊，唐鈺威根本在騙我們，其實偷偷買了機票飛去哪個東南亞小村莊拍他的作品了？」我摺的紙鶴都好大隻，也不對襯，比琪琪的醜好多，有點煩躁。

大家都沒有回應，低著頭繼續摺紙鶴，好像還有人說了：這種時候，還講這種話？我望著那隻被我揉爛的長短翼畸形紙鶴，心裡也跟著扭曲了起來。

「如果是社長，好像真的有可能！」琪琪突然打破沉默笑著說。社員們也跟著笑。

笑就笑，幹麼哭呢？

千羽鶴摺好的隔日人就找到了。

清晨採筍的農夫通報，邊坡下的竹林中有一輛機車，龍頭歪掉，滿地破碎的零件。搜救隊入山，你都不知道，你爸跟你嫌很假的那些攝影協會阿伯們，在竹林邊喊得多撕心裂肺。

入夜前你出來了，那時我才意識到，我們許的願：「唐鈺威，平安歸來。」其實是兩個不同的奢望。

他們說是在懸崖下樹林裡找到你的，頭部墜地，應該沒有多餘的痛苦。你背包裡的相機竟無損壞。

曾問過你底片和數位比哪裡好？這種古板爛問題，你回答：數位是機關槍，亂槍打鳥；底片是弓箭，必須節省、謹慎。我說底片應該是火箭筒吧？一發搞定。太暴力了，你說，底片是優雅的創作。

好多事情都過於暴力，捉鶴的陷阱、揉爛的紙鶴、你變形的頭顱。

相機上的計數器顯示36，到底了，一卷底片的冒險結束了。靈堂前，我抬頭看見你俊秀的臉龐，光打得過度均勻，原本立體的五官躺臥在相紙上，彷彿在諷刺這虛偽的平靜。突然一股暖流從心底撫過，鳳山溪入夏的溪水，清晨的雀啼，人們輕聲說話的聲音，真實而日常的事件串聯成我拍攝的動力，我閉上眼睛，近乎祈禱，再一次鼓起勇氣推動了過片軸，底片竟堅持而奇妙地多走了一格。

我舉起了相機，從觀景窗看見了你。唐鈺威再一次成為了攝影的主角，作品的演員，也許我按下快門後你就會從照片後面跳出來，肘擊我的腰窩：「怎麼樣？演得不錯吧？」

QL-17的對焦是採用疊影對焦的模式，當實景與虛景的邊緣在對焦黃斑上相遇，即合焦。我轉動對焦環，在真實與幻夢之間掙扎，觀景窗裡，你的臉逐漸清晰，然而我的視野卻開始模糊了起來。

第四站

彌陀

夢幻病

獨臂的父親用義肢掄起袖子，對母親說：來吧。

母親拿著電擊棒，有些猶豫地向父親走去。

「只剩一隻了，換個地方吧？」母親指著剩下的健肢。

那年母親節，父親騎機車帶我到文化中心旁的假日花市，挑選禮物。本來想買棵沙漠玫瑰或蘭花就回家，沒想到父親卻在一攤雜貨前停下腳步。攤子販賣著望遠鏡、強光手電筒、瑞士刀等工具，父親研究了半天，帶了隻電擊棒回家。

「怕你自己開車上班被搶啊！」父親在母親打開禮物的瞬間道。媽的表情由期待轉變為困惑，又偷偷地掛上懷疑的眼神，丟向我，是你的壞主意吧？我連忙搖頭澄清。

試一試吧！父親嚷著要測試到底效果如何。電擊棒本體是根伸縮棍，甩出來後發出了高頻的警示音和閃爍的光線。

不然要電哪？大腿嗎？肉比較多應該比較沒事？駁回，母親怕離心臟太近。手？別提了，父親手臂只剩一隻，還是珍惜一點吧？最後的決定是：小腿肚。

電擊棒朝父親的小腿後側吻了下去，這短暫的接觸激發神經反射，雙腿蹬地，整個人由椅子跌落地面。

那天剩下的記憶就破碎掉了，記憶停留在母親拍打著驚魂未定的父親，然後我自己，抱著一點點的好奇心，將尚未關閉的電擊棒，給握了下去。

疼痛，是我的童年的3號電池，一切前進的動力。沒有它，我無法完成暑假作業、考試無法進步、午休不會睡覺。這些師長的抽打，把我打成一個進步社會、軍公教子弟該有的模樣。但那些施加在我身上的苦痛，如今早已淡去。記憶裡那些留下紋理的，是被奪走、抽離的事物造成的。

父親常說他的右手，也是被國家給剝奪的。

彼時我們一家還住在嘉義東區的公寓，離嘉義的「嘉」樂福夜市很近，禮拜五、六的傍晚我都會騎腳踏車去幫姑姑賣牛排，賺點零用錢。午後時分，父親總會打開股市頻道坐在茶几前，拿出一面鏡子立在桌上，鏡面的長邊跟父親胳臂等長，恰巧可映照出父親掄袖後的左側健肢。望向鏡中，會有著雙手健全的錯覺。父親會用義肢沾滿綠色的透明青草膏，然後緩慢地塗抹、按摩左手，客廳中慢慢被濃郁的中藥草味填滿。我自甬道的這頭窺視，微光從褪色的窗簾穿出，股市頻道流瀉出輕快的古典樂，鏡子裡的手幽幽地對我比了個讚。

父親說，那隻消失的右手仍常在夜裡痛起。雖然我們都知道，那隻右手，已永遠遺留在兵工廠的製彈室，然而那「登記」在神經細胞裡的記憶仍會不時來敲門。曾在金門被榴彈咬掉右腿的張伯伯告訴父親這個「鏡之祕術」，當年金門叢林中的假戰車、假陣地騙了老共許多彈藥，如今鏡中幻化的假手，繼續欺騙心中的魔鬼。

心理動力學家是這樣解釋痛覺的：他們認為「痛覺」是一種警告，一種因過往經驗而「登記」在我們中樞神經細胞內的訊息，我們以此避免危險與傷害。當然，這也只是眾多有關疼痛研究的其中一個層面而已。

我自幼心裡也有一痛處，是每當班上同學問我：「你家在哪？」的時候。我都會回答：「彌陀二路最高的那棟啊。」其實有好一段時間，那也是全嘉義最高的公寓，而我家住二十層頂樓。查過了，嘉義消防的雲梯車最高也只到十三樓，我每天都活在危險之中。

「喔，鬧鬼的那一棟嘛！」同學們總愛嘲笑。

位於蘭潭之西，一大早潭水折射的日光就會映在我家的天花板，而曾經，有人影劃過這池水塘。

管理室做了很多措施要防範外人入社區來跳樓，但仍抵不過這些人們的決心。畢竟以物理上來說，這裡真的是全嘉義垂直距離最高的建物。有時候吃著早餐聽見中庭有人尖叫，我就知道又出事了，望著那扭曲的身形，我總感覺心裡有種被撥動的感覺。

若要細數童年那些剝削，其中最讓我難以平復的事件，一定是那發生在小學四年級，母親專任辦公室裡的那段回憶。

母親是國中地理老師，而我就讀的國小跟母親任教的國中只有一街之隔，因此下課後我都直接走去母親的辦公室寫作業，等下班。

母親的辦公桌總是堆滿考卷與教師用講義，我時常要將東西搬到一旁的鐵櫃上暫時放置才有辦法寫作業，桌上偶爾還會有茶葉放到發霉的校慶紀念杯。桌墊下壓著母親和幾年前畢業的學姊們的合照、參考書商的名片和我寫給她的卡片，我曾嘗試拉開墊板，那時才發現透明墊板已經和下方草綠色軟墊黏在一塊，若強行分離，照片勢必會破損。

辦公桌第二層的抽屜：沒收物品專區，是我最期待的更新區域。裡面有用隨堂測驗紙折成的情書、ＭＰ３、遊戲王卡、漫畫和偶爾出現的Gameboy。我很感謝這些素昧平生，卻用自身苦痛教導我的先烈們。要不是他們，我怎麼知道上了初中後，遊戲王的好卡跟廢卡要分開放，如此一來，沒收時才能把爛的送去擋死？我又如何知道遊戲機被沒收前，卡匣要拔出，這樣才能借用同學的機子繼續破關呢？

四年級的一個下午，我打開第二層抽屜，眼前出現了一台湖水綠色的Gameboy Color，這台是後期的機種，畫面是彩色的，簡稱：GBC。後面的電池蓋上用麥克筆寫著「洪尚賢」學長的名字，裡面塞了兩顆三號電池，遊戲卡匣還插著。我興奮地撥開開關，沒想到一聲尖銳無比的「乒！」響徹整個辦公室，我急忙把遊戲機塞進胯下，用大腿給它夾住，以免後續的聲音又無恥地竄出。

我把GBC攜至通往頂樓的樓梯間，往後的日子也都在那邊，細品這雙層竊取的珍寶。在國小放學至母親下班的這短暫靜謐時光裡，我闖入了這九九合一的遊戲間。對了，其實沒那麼多種，很多都是同個遊戲，不同名字，商人的詭計。

然而一九九九年的五月，我在洗手台洗養樂多瓶的時候，偶然從其他老師口中聽到，GBC的主人，尚賢家是在賣海產的。不久前，尚賢的爸爸在南橋過朴子溪後那個大彎被卡車輾死，全家搬回苗栗娘家去了。偷玩沒收GBC這件事我一直不敢告訴別人，因為我認為，或許是因為我和母親剝奪了尚賢的GBC而間接造成他們家中的紛爭，家庭失和，進而導致尚賢他爸恍惚地將機車駛向卡車的輪底。

幼兒時的「痛覺」是與懲罰緊緊相扣的，犯錯時的罪惡感能以「痛」為代價稍作抵銷。兒時的我堅信，生活周圍的幸與不幸都與我相關。我自大且卑鄙地苟活著，其實都是踩踏在許多人的痛楚之上，當我快樂地玩著偷來的ＧＢＣ，別人的父親卻在卡車的輪底受難。

父親是東石塭港人，他說他是在蚵架上長大的，嘴巴比吃蚵仔的黑鯛還挑，一口就知道東西新鮮不新鮮。每個禮拜三下午，賣臭豆腐的小販會推著推車進入我們社區的巷弄，許多住戶都會拿著自家的盤子跟他購買，但我家從來沒有。那種東西，你們吃得下去唷？父親總在我開口前就搶先回絕。父親偶爾，在週末時會帶著我和媽展開美食之旅，他能以單手靈活地操作方向盤，若這趟旅途的目的是他期待的餐廳，他的小拇指總會快樂地豎著。父親比起母親，是個愛碎念的人，如果這間餐廳沒達到他美食的水準線，他就會念個不停。吃這個，不如吃那個。只有在坐進他認可的餐館時，他才會安靜地吃飯，不時從飯碗後滿臉笑意地試探我，好像在用跳動的眉毛說，怎麼樣？很棒吧？

還記得那個再平凡不過的日子，母親買了樓下早餐店的蛋餅和豆漿，沒什麼特別的，就是平凡的味道。父親也是一如既往地念著吃這個，不如吃……。突然他起身說要去左營買真的好喝的豆漿。我至今仍清楚記得，他拉開那嘎嘎作響的紗門時，離去的背影。

「痛」和個人的人際關係，尤其在孩童時代和其重要關係人的人際關係有密切關聯。嬰兒時期，肚子餓就會哭泣吸引主要照顧者的注意，這種不舒適的感覺衍生而出的「甜蜜與快樂」，是與所愛的人聯繫的期待感。

當時的我還無法明白父親離開的意義，我一直期盼著，只要那份痛楚還在，我們與父親那條神經就還牽著。父親有天，就會推開紗門，拿著一杯真正好喝的豆漿回家。

當時《神奇寶貝》的卡通開始在電視台播出，GBC的神奇寶貝卡匣也在紅、藍、綠三個版本後，推出了呼應卡通片以皮卡丘為主要招牌的黃版卡匣，我四年級的生日禮物。隨之迸出的攻略書和文章五花八門，坊間也流傳著許多關於遊戲的密技和傳說。其中最廣為流傳的就是有關傳說神奇寶貝「夢幻」的祕密。

據說，只要湊齊圖鑑上所有的神奇寶貝，也就是表定上的一百五十種，帶著全開的圖鑑，去郵輪聖安奴號旁的祕密小島，用怪力去推開一輛廢棄的卡車，卡車下的洞穴就會跑出編號一五一，破格的傳說神奇寶貝——夢幻。

這隻外觀介於貓和兔之間，漂浮於空中的粉白色小傢伙，頑皮自在地悠遊於星夜。他不以強大破壞力的絕招稱霸，而是能模仿出對手神奇寶貝的任何招式，並且運用得比對手更加優秀，也就是遇強則強，那不可超越的強大存在。

我開始了我的「收服夢幻之旅」，多年後我才意識到，母親悄悄地，也與我一同啟程。或許我們在尋找的，一直是差不多的東西。

母親和我開始在醫院和大小診所之間旅行，沒有碎念的父親相伴，那是一段極為安靜的日子。父親離去不久之後母親就生病了，而這一趟趟的旅程，就是為了尋覓那個母親常說——你要幫我禱告，讓耶穌告訴我生了什麼病——的惡疾。我可以在汽車後座或是診間裡打開GBC，那聲「乒！」和隨伴的流星點綴了每趟旅程。偶爾母親會像是履行義務般地丟出一句：「再玩五分鐘喔！」、「齁，眼睛會壞掉啦」、「你怎麼呼吸那麼大聲？」、「你是不是都沒在喝水？」諸如此類，不斷重複的NPC對話。有時候抬頭，會有母親變成神奇寶貝中心的護士——喬伊小姐的錯覺。

母親的疾病極為善變，會因應當時的環境而幻化。比如說：當廣播節目說更年期婦女要小心偏頭痛，那晚她頭就脹暈了起來。一次談話性節目講到類風濕關節炎，過沒多久，我們就到風濕免疫科報到，說她關節痛。新聞說寒流來襲，中老年民眾要特別注意心血管疾病，母親的心就開始隨便亂跳。

這怪病，像是嘉義公園裡三十元的卡通沙畫，每過篩一次沙盒，就黏上一點色彩。母親就這樣用牙籤挑開自己無色的貼膜，跳進自囚的染缸，將自己繪製成一張詭異難辨的沙作仿畫。

ＧＢＣ裡神奇寶貝的道館一座一座地推，我們也走訪了一間一間的醫院。人們常說有些老人很愛「逛醫院」，我覺得母親已經超越「逛」的境界，已經是類似進香團的心態，擁有更神聖更崇高的理由。我希冀收服夢幻的日子趕緊到來，我要用它回敬快龍的破壞死光、用它使出比爆鯉龍更加洶湧的高壓水柱。母親也努力地追尋她的世紀怪病。在她的描述中，她的頭痛總是比一般人的偏頭痛更加激烈、心痛的方式也比醫生敘述的更加詭譎。

從各醫療院所征戰回來，母親便會坐在餐桌把藥包一字排放，仔細地將每包藥撕開。她會從各色的藥裡撿選出她中意的藥丸，放進半透明標有星期、早晚的底片罐子裡，然後放在耳邊搖一搖，聆聽那藥丸撞擊的聲響。這個吃了會想睡覺，那個吃了消化會變差，這個吃了，人運氣會不好。

母親說她比醫生更了解自己要什麼。

一次回診，意外被醫生套話發現母親有挑藥吃的習慣，醫生怒斥：「李小姐，我幫妳直接退掛，如果要這樣自己選藥吃，就請妳自己當醫生吧。」語畢，將健保卡丟到一旁護理師的桌上。

母親哭了。

回憶起這事與其說是傷心，當下只有滿滿的尷尬，心裡只想著，這應該教育和保護我的大人，竟擺出如此不堪入目的醜態。那哭泣的聲音跟孩子鬧著要買玩具的哭鬧聲根本一樣，太假了。我內心一陣作嘔，把頭撇到另一邊去。

母親一跪，醫師馬上反射性地彈起。這位白袍已有些泛黃的老醫師，也不是省油的燈，說不開藥就是不開。兩人又拉又扯，爭執了好一會兒，驚動了整層的診間。最後隔壁的資深護理長跑了進來，搭著我的肩，將我壓去他倆身旁。

「你會幫醫生看媽媽有沒有乖乖吃藥齁？」我確實地感受到那肩膀上的重量。

老醫師抵不過孩子無辜的表情，草草開了藥。母親從診間到批價、領藥，一直到停車場還在哭，但神奇的是，上車關門之後哭泣聲就戛然而止，母親把頭埋進方向盤裡，長嘆。過了好久好久，我們的車子一直停在立體停車場的一隅，沒有發動。正午的醫院廣播在立體停車場內迴盪，我能感受到時間在光線裡流動。十幾分鐘、二十分鐘、一小時過去，我終於忍不住輕拍了一下母親，這時才發現母親的背脊正在微微顫抖，震動傳入我的身體裡，我有些害怕。

這時母親的臉轉了過來，我永遠記得那天正午時分悶熱車裡，那詭異的表情。

「嘻嘻！」母親竟然在笑！甩動著藥包，拿到囉！賊頭賊腦地在炫耀什麼玩具一樣。

我頓時呆若木雞，因為年幼的我，已經在心中用我所會的一切文字，撰寫出一篇安慰母親的巨作，文字大部分引用自麥克阿瑟將軍的《為子祈禱文》。

也是那一刻我才明白，母親真的病了。

禮拜天如果沒去醫院，我們就會去做禮拜。身為軍公教子弟，在教堂裡不哭鬧、不打GBC的規矩還是有的。去教堂我期待的，是牧師講道完，所有人回歸正常人類溝通時，一起吃愛筵的時間。我自幼就能感受到大人們經歷冗長的訓道後，如釋重負卻又不能過於喜形於色的心情。

禮拜結束，教會裡的媽媽們也會圍在母親身旁為她禱告。有時師母也會加入，禱告的強度就會提升一個level。一般人會把手搭在母親肩膀、背部，師母則是會按手在頭，行醫治禱告。

「親愛的阿爸父，求您指引道路，讓李媽媽能及早找尋到她的疾病。我們相信您的恩膏塗抹，您的寶血醫治一切的苦痛……」

禱告的時候，母親眼睛都閉得特別緊，彷彿是要竭力吸收禱告的能量一般。睜眼慢，像是從遙遠哭泣的夢中醒來。

師母和媽媽們會傾聽母親的煩惱，也常常進貢建言。

「你這個聽起來有點像耳石脫落，內耳的問題喔！我爸之前就這樣啊……」

「這個要去掛復健科！骨科他們都會叫你開刀！」

「對啦，還是要常常禱告啦。」師母總會用這句來總結，再講下去愛筵的仙草都要被吃光了！

五年級的夏天，我蒐集完所有黃版卡匣能捉到的神奇寶貝，那時我才發現，原來可惡的任天堂暗藏一手，把一些神奇寶貝藏在別的版本裡。像是我這版本裡的皮卡丘，怎麼樣就是不願意進化，固執地守護它的可愛。幸好任天堂推出了連接線，可以跟別的版本的朋友經由「交換通訊」來分享神奇寶貝。

母親的尋病之旅也碰上瓶頸，在這個時期，母親進入疾病最惡化的狀態。

「李老師！恁是咧起痟呢？」專任辦公室裡的另一位老師把一疊考卷摔在桌上，對母親大吼。

教務處在暑假前排出了下學期的課表，母親被轉調去教B班，可能是擔心家裡的問題會影響教課表現，怕搞砸了好班的升學率。母親踱步去教務處開罵，又跑去校長室訴苦，最後期末考卷出了個超難的魔鬼級考卷，全校二年級地理平均只有31分。

「妳老公都跑了，還要繼續這樣瘋？」

暑氣奔騰的日子，母親會把自己關在房間，她總說自己好冷。拉上所有的窗簾，蜷縮在被子裡，呼求恩主憐憫。

必須出門的日子，母親會花很多時間全副武裝，她會戴上帽子、太陽眼鏡、圍上圍巾，在豔陽中披著盔甲。

睡前母親會在膝窩塗上有淡淡杏仁味的藥膏，然後再用保鮮膜一層又一層地包裹關節，彷彿畏懼夜裡會有寒氣滲入破綻，加速病情。

每次要進入醫院之前，我們都會在車上禱告。母親總祈禱這次的抽血報告，會跳出那等待已久的紅字，一個明確的方向，上帝的重點畫記。然而最後等到的總是，我們再看看、繼續追蹤。諸如此類謎語般的回應。

暑假期間母親怕我在家煩她，把我丟去市區的阿米格外語補習班學英文。我常常都是補習班最後一個被接走的，時常佇立在補習班騎樓苦等，心情都非常焦躁。

「同學你要不要進來，進來等嘛！」綁馬尾的接線工讀生問了不知道幾次了。

「不用、不用，我媽說她快到了。」其實我根本沒手機，只是單純覺得站在外面，讓腿痠一痠、蚊子叮咬幾下，我彷彿就能以自身的痛楚跟上帝交換母親的一點時間。

我其實很怕自己不在家的時候，母親會做出傷害自己或是更恐怖的事。我想起那些闖進我們社區尋死的人們。

有一次補習班的老師叫我們回家要跟爸媽拿一百塊，下堂課要去麥當勞練習用英文點餐。我不想出糗，再加上，班上的那個漂亮女生楊芷萱會去，我一定要講段漂亮的英文給她瞧瞧。

回家我就拚命練習，ＧＢＣ都沒動，練了整晚。睡前我去跟母親要錢順便表演給她看我精湛的演技，但母親說她很累、很痛、很瘦、很冷、很想吐，命令我不要煩她。但我也不是省油的燈，不放棄，一直吵鬧。

耳際突來一陣痲痛，我的腦子沒意識到這強烈刺激訊號的意義，全身的神經都茫了。怎麼了？發生什麼事？彷彿是初見自己的臉龐，佇立在鏡前，確認眉尾、耳廓的皮膚。母親之前，從未打過我巴掌。

母親安靜地從包包裡拿出一顆粉紅色的藥丸，一愣一愣地叫我配顆方糖吞下。我呆坐在沙發上不去房裡睡，母親從門縫望了我幾眼後也就不管我了。不知何時我才睡著，與其說是睡，更像是迷糊地昏了過去，身體還想掙扎，意識卻已經投降。

驚醒時，客廳的燈已經不知道被誰關了。迷濛之中我看見一個影子，也許是太茫了，我未感覺到恐懼或是驚訝，只是傻呼呼地盯著黑影。那身影輕盈且靈活，一下竄到冰箱頂，後腳一蹬，輕鬆飛撲到了電視上，一會兒翻身又溜進黃金葛的花盆中。家裡什麼時候養貓了？我摘下眼鏡、揉揉眼睛，仔細一瞧，那不是貓也不是兔子，而是……夢幻？

我腰上不知何時冒出幾顆寶貝球，我隨手拿了一顆往它扔去。但夢幻尾巴輕輕一撇就把寶貝球給拍掉了，兩隻圓滑的前肢摀嘴訕笑。一個轉身，它鑽進了母親的房間，在空中留下閃耀的塵埃和一股棉花糖的味道。

糟了！母親最討厭被打擾，我隨即追了上去。

「欸欸，夢幻，你不要去吵我媽啦！」

漆黑的臥室中，夢幻用它柔軟的鼻吻去蹭母親的太陽穴、膝蓋、肩膀，那些母親喊過疼的地方。在充滿汗臭的斗室內，緩慢且熟稔地按摩痛處，夢幻好像很享受這個過程，眼睛始終瞇成一座小橋。我就一直站在母親房門口，呆望著夢幻在母親身上遊動，彼時，我只希望母親往後的睡眠都能像那晚如此地平穩、舒坦。

隔天補習班打電話問我怎麼沒去上課，我才發現錯過了跟芷萱一起吃French fries和Hamburger的機會了。

人體遭遇痛覺時Aδ神經會傳遞「快痛」告訴人體明確的受傷位置；C神經則傳遞「慢痛」的長期興奮訊息，時時提醒身體保持警覺，彷彿是要人們不要忘記那些悲傷。我常常在想，我和母親的C神經是不是要傳一輩子？永遠在心底隱隱作痛。也不知道要多久，才會傳到去買豆漿的父親那裡。

已經不知道是第幾次到異地的醫院，這次造訪的是座蓋在「順向坡」上——我媽這位地理老師說超危險的——灰白色建築。上山的路，母親切換成老師模式，指著那一根根傾斜的電線杆，注意，你看、你看，這絕對會出問題。

路程顛簸，一個黑影從前座的底部滑出，打到我的腳踝。低頭一看，竟是老爸買的那隻電擊棒。

結果那天要看的醫師竟然休診，頂他診的是一位瘦小的女醫師。進到診間，可能是因為沒什麼人掛號的關係，醫師病情問得特別仔細，起初媽是不太想講病情的，想輕描淡寫敷衍過去，有點不信任這位女醫師的樣子。但早就聽到耳朵生繭的我，代替她，把病情敘述得鉅細靡遺，哪裡會痛？痛多久？有無加重緩解因子？我的報告，有感情、有手勢，應該是縣市朗讀比賽等級的。

「我家大的今年要上高中了，都沒妳這個那麼會講話。」女醫師笑了出來，搬出了媽媽經，母親才稍稍地卸下心防。

「吵死人囉！」母親搓亂我的頭髮，我趕緊跳開，整理我的瀏海。後面那句「夠，跟他爸一樣」只有我聽到。

母親開始跟蕭醫師學習如何「放鬆」，醫師會先將測量呼吸的環扣裝在母親胸口和腹部，接著在胸前、背部、太陽穴貼上電極片，指尖夾上測量溫度和導電的感應器。醫生開始跟媽媽聊天，媽跟著醫師的口令吸、吐、吸、吐，透過練習將肌肉放鬆。把過往每一段快樂、無聊、悲傷的故事從遙遠的過去拉到面前，檢視他們，再仔細地收拾。每回治療結束，母親會在車裡小睡一下，我則坐在後座吃台糖冰棒，玩GBC。

我不敢說母親的病好了，那樣的歪斜已經成為日常的一部分，難以辨別。頂多能說，出門的日子變多了，聯絡簿不會忘記簽了，母親不再用保鮮膜和厚棉被掩護自己，如此而已。偶爾媽還是會有一些脫軌演出，一些稍稍偏離社會常態的表現，例如我們兩個人去咖啡廳，她卻拉了五張椅子放包包和雜物，這裡有人坐嗎？其他客人詢問。「我們還在等家人。」母親毫不猶豫地回答。或是那次在補習班的結業式上，看我唱歌看到哭出來，全場拿著相機拍寶貝的家長都愣住了。下一秒母親又把我抓到楊芷萱旁邊拍照，好像什麼事都沒發生一樣。「西瓜甜不甜？」那張尷尬比耶的照片今天還貢在客廳電視機上，供母親調侃、回味。

蕭醫師建議我們把這趟旅程記錄下來，哪天走丟了，我們都能挖出這份密技藏寶圖，按圖索驥，找到出口。

◎

這張封存的藏寶圖要在多年後才被再次提起。

雙十連假，母親南下來找我。我開車去客運站接母親，晚點要帶她去跟妻吃飯。「下次還是坐高鐵啦，又不是沒錢。」最近新聞報遊覽車又出事，我實在不放心，媽上車後我碎念了幾句。

高鐵太快了，我沒辦法刷道館拿道具啊。齁，我這樣一路下來抓了多少隻寶你知道嗎？母親坐上車後還在玩她的寶可夢ＧＯ，還叫我借她充電線充電，但可惜蘋果碰上安卓，沒戲。

若是五年前問同一個問題，母親一定會搬出「你媽當年就是這樣節儉下來的！以前苦啊，你不知道？」諸如此類情緒勒索的字眼。

媽終於放下手機看著窗外流動的風景，你以前也有玩寶可夢齁？我敷衍了幾句，跟同學隨便玩玩而已啦。

「你偷拿沒收學生的遊戲機去玩不要以為我不知道。」

現在是要翻舊帳就是了？我嘴角忍不住笑意。突然母親朝窗外一指，眼手止於一座百貨公司。

你還記得吧？以前有一次帶你上去頂樓跟其他小朋友玩寶可夢？那次你哭得好慘！回家還在哭！

我懶得跟她說明以前我們都叫「神奇寶貝」，「寶可夢」聽起來就有政治不正確的感覺。

「有這回事嗎？」我把車駛入慢車道，準備轉入小巷，這樣可以避開兩個紅綠燈。

我怎麼可能忘記，只是故意這樣說，母親就會很激動地開始往回憶裡瘋狂挖掘。我將這樣的母親對過往的調侃，理解成快樂。

什麼！你真的不記得了？我們坐公車去的啊？那天主日後……

我怎麼可能忘記，那天妳帶我來到百貨公司的頂樓，那時天台還是有開放的。當天是神奇寶貝的活動日，電梯口的大姊姊戴著皮卡丘的耳朵，給了我一顆黃色的氣球。

帶著我湖水綠的ＧＢＣ，圖鑑只剩幾隻就要完成了，今天來，就是要來把一百五十隻給湊齊的。然後如果沒有意外，這天我將能收服傳說神奇寶貝——夢幻。

到了頂樓之後，我跟母親先找了位子坐了下來，觀賞為電影宣傳的舞台劇。大熱天的，這些工讀生還要在頂樓穿著玩偶服跳舞，太苦了。我餘光瞥見有兩個哥哥在玩ＧＢＣ。

表演結束後主持人宣布接下來是「訓練家交流時間」。一些人坐在摺疊桌交流神奇寶貝卡，幾個工作人員開始發圖畫紙跟彩色筆給有要參與著色比賽的孩子。舞台旁有三五個人圍起來開始玩遊戲機。我拉著母親的手，不知道該如何跟這些酷孩子打交道。

去啊，不是要來跟其他同學換什麼皮卡丘？母親常把皮卡丘當作神奇寶貝，但以我當時的智慧還無法向她說明清楚兩者概念的差異。我將母親的手握得更緊，手汗都快分泌成一座池塘了。

胸，我幫你去講啦。

語畢，母親往一群大哥哥步去。我趕緊從阿米格外語補習班的包包裡掏出傳輸線。母親面對一群學生非常理所當然地擺起了老師的架式，喚醒了那群大哥哥在校園中的恐懼，身體的發條都拴緊了。

來，你們在玩皮卡丘的電動喔？彷彿是在分配打掃區域的口氣。

母親朝我這裡指了指，我感覺到一陣無奈的目光投射。

在開圖鑑唷？裡面一位穿著POLO衫的哥哥開口問了我。缺哪幾隻？喔喔，黃版嗎？雷丘有缺嗎？

我先去刷草叢抓個吸盤魔偶啦，你們先看看化石系的那幾隻他有沒有少。大哥哥好像是團裡的老大，開始吩咐他的同夥動作。

你一言我一語地，我們將圖鑑的拼圖一塊塊湊齊。

霧濛濛的夕色悄悄籠罩，匆忙的城市裡，這個百貨公司的頂樓仍有著魔法的防護罩，守護著童年的快樂魔法。

你為什麼要抓所有的神奇寶貝呀？大哥哥問我。

我告訴他夢幻的密技，開啟全圖鑑是這項傳說的鑰匙。

大哥哥臉上的笑容消失了，和後面的夥伴使了個眼色。同伴們無奈地搖了搖頭。

我怎麼可能忘記，那童年祕密揭曉的星期日傍晚，那位大哥哥背光的表情。那表情是我日後在告訴母親我失業時，心中浮現的模板——既溫柔又悲傷，但明確的暗示痛楚來臨了——的神情。

他告訴我：弟弟，你知道嗎？當你湊滿全圖鑑，滿心期待地去郵輪聖安奴號旁的祕密小島，用怪力去推那輛你期待已久廢棄的卡車，生鏽的卡車緩緩移開，底下出現一口黑洞。你往下方隱藏的深淵注視，你把GBC上所有的按鍵壓過一輪，存檔、關機、重開機、讀檔，不斷重複。最後，你會發現，一切只是你自己的想像，什麼都沒有，沒有祕密、沒有寶藏，更沒有夢幻。

我望向母親，她並未看向我，而是失焦在自己追尋、疲憊的夢中，難辨的唇語，沒有聲音。

她能理解我的悲傷嗎？想到這，我的頭也開始痛了起來。

第五站

魚池

詐虎

釣魚虎要用騙的。

竹葉青綠的樹影下，浮現一顆魚球。阿坤將管筏開了過去，馬達切掉，以免驚動魚群。上百隻的魚苗在水表翻騰，掠食。橘紅的鱗片反射晨光。

「跟你們說啦，什麼米諾、鉛筆、湯匙、雷蛙，看到魚球往裡面尻就對了。」阿坤告訴租船的釣客，魚虎很凶，護幼的虎媽媽更是看到任何假餌就咬。

沒魚啊，船長。甩了幾竿後，釣客向阿坤抱怨。

哈哈，這球是孤兒啦，魚媽媽已經被擄走了。

魚虎學名是小盾鱧，東南亞來的外來種。農業處的人覺得，水庫裡本土的鯁魚、鯽魚、曲腰，都因為這個掠食者的關係，往深潭裡鑽去。

而阿坤覺得，農業處的人都是廢物，勸導不要放生有什麼鳥用，一卡車的魚在法師的念經聲中，循著滑水道溜進潭裡，在落水前還會後空翻嘞。魚都要倒光了，農業處的人才姍姍來遲，關閉滑水道。

再次開啟馬達，朝水庫的深處開去。經營水庫的筏釣租賃已經五年了，魚越來越少，環境越來越爛。以前跟弟弟拿根竹竿綁隻蚯蚓就能搞一整個下午，現在魚都不見了，弟弟也離開水庫到市區工作了。

船長，我們釣魚虎，也算是在做功德吧？釣客問。

對啊，這外來種太凶，把我們本地的魚整慘了。阿坤苦笑。

我看ＦＢ上有人說用雞肉釣魚虎，大咬耶。

那唬爛的好嗎？魚虎就是瘋子，看到會動的才會咬。

真的嗎？

騙你的話，我船費不跟你們收啦。

阿坤看了釣客的釣組，一眼就認出是山腳下釣具店的淘寶貨，換個包裝賣兩倍價的。

雖然魚況差，但這幾年阿坤因為魚虎確實也賺了不少。魚虎體型大，超越一米的貨很常見，因此吸引許多想要挑戰的釣客前來打虎。每次出航前，阿坤都會去岸邊割姑婆芋的葉子來讓桶裡的魚貨墊著，以免魚體在桶子裡滾到受傷。而釣魚虎的話，至少要割三片。

依據他的觀察，這客群與以往釣鰱魚的阿伯們不同，打虎的，很愛裝逼。釣客很多都是大學屁孩。穿個短褲加綁腿，一身黑麻麻，臉上掛個偏光鏡，抽著電子菸。阿坤並不排斥這些耍帥的猴子，反正他們錢都給得乾脆。

「中魚！」釣客大喊。

「不是叫你們不要開槍，再這樣搞，都不要釣了。」阿坤喊。這是筏釣的規矩，船身小，揚竿是禁忌，猛力抽竿很容易誤傷友軍。

啊……馬的，是溝呆。大家笑了出來，出水的是體型較小的泰國鱧，有時候他們會分不清哪一球魚球是自己的，跑去當褓姆。

「咻——！」突然一聲猛烈的出線聲傳來。阿坤一聽，就知道只有一種怪物，能拉扯出這種聲響。整艘管筏被魚拖了過去。

「不要讓魚鑽船底，會斷線！」阿坤一面控制船身一面喊。其實他才不管什麼釣線，就怕魚虎一撞，把船給撞壞。

竿子繃成戰鬥的弧度，船身搖晃，釣客的脖子浮出青筋。阿坤見釣客玩得差不多了，就微微地將船身向魚虎靠了過去，這一靠，線就鬆，魚虎有默契似地，脫鉤了。

「哎呀，可惜啦！下次一定給他拚上來。」阿坤拍拍釣客的肩膀。

送走釣客後，阿坤把管筏開回家。

「明天我當兵的朋友要來找我，你明天不要發瘋啊，很糗。」回家後阿坤對著母親說。阿坤母親晚年失智，老爸死了之後他們母子倆就住在一起。

「你把我推出去丟到水裡給魚吃啊，這樣你開不開心？」母親說。
「什麼魚要吃你啦，你看起來就很難吃，我看連吃廚餘的紅魔鬼都懶得吃你。」

◎

「幹，阿坤你好臭。」這是隔日上車後豬排對阿坤說的第一句話。
豬排是阿坤同梯的原住民，老家在屏東牡丹。入伍第一天，他自我介紹說他是排灣族裡面的「南排」。班長馬上說：「我管你什麼排，你在這裡就只是一塊豬排。」
阿坤聞了自己一下，覺得沒什麼味道，卻被豬排趕到後座去。豬排開車來，等班長坐高鐵會合後再一起去水庫。
「你知道班長家裡出事了嗎？」豬排問。
「沒聽說。」阿坤退伍後沒加同梯的LINE，好像也沒人邀他，很多事情他都沒跟到。
豬排還來不及說班長家裡到底怎麼了就有人敲了車窗。
「班長好！」豬排馬上搖下車窗敬禮。車窗外班長梳了個油頭，白色的Polo衫上夾了隻雷鵬墨鏡。
班長上車後笑著打了豬排的腦袋，說都退多久了還這麼狗腿。然後話鋒一轉，又問：「媽的，你車上有死魚喔？」他拿出行李袋中的古龍水往阿坤噴了三下。

「哇！班長，混得不錯嘛，水鬼錶耶！」豬排把班長的手腕舉到面前，仔細端詳。阿坤一輩子沒看過那麼大顆的手錶，散發著沉穩的光暈，像是一隻魚虎的眼睛。

「懂的就懂。」班長道。

往水庫開去，一路上豬排和班長聊著同梯弟兄的近況，阿坤則是在後座陪笑。

「你們這梯很會混啦，退伍後也是一堆很閒的。搞GAY的啦、大學不知道讀幾次的啦、自殺的啦。」班長一一點名，最後轉到後座：「整天開船的，也有。」

「我們鄉下沒什麼好忙的。」阿坤傻笑。

這次班長和豬排來水庫也是來打虎的，但他們都沒竿子，所以先到山腳下的釣具行報到。

「店長，我帶朋友來打虎啦，幫他們組一套。」一進店裡阿坤就跟店長打招呼。老闆先是拿了幾隻玻纖的竿子出來，阿坤說你那些騙觀光客的爛貨就免了，他才掏出國產的碳纖竿，台灣這幾年漁具的CP值很高，用料都很頂。

「你們是阿坤的朋友我才給你們這個價，這幾顆新到的水表餌送你們去玩看看。」班長硬是再跟人家砍了五百塊，店長很無奈地答應，說這樣連成本都不夠，台灣的竿子利潤很薄。

「你們鄉下人都這麼白癡喔？隨便給人殺，好爽。」離開釣具店後，班長在車上炫耀他的殺價功力。

到了水庫之後，阿坤叫豬排切進水庫邊的產業道路。這也叫路？你到底住在什麼鬼地方啊？豬排邊開邊抱怨，說他車子如果壞了要賠。

「到了。」車子晃過一片構樹林後，來到一處可以望見潭面的開闊處。水邊幾隻白鷺被車聲驚動，飛起。

往遠方看去，白鷺停在一座浮在水面的船屋屋頂。

「你他媽真的是魚耶！住在水裡？」班長說。

阿坤說他跟水庫管理局登記是「浮具」，也就是說他的家是一艘大一點的管筏。每年都有風聲說要來拆，但每次都不了了之。整座水庫由三個單位管理：台電、水利署、潭區漁會，皮球踢來踢去，阿坤就坐在舢舨上笑看這些高官唱戲。

整座水庫，星星點點的船屋有上百間，很多人說船屋是潭的毒瘤。阿坤覺得，不只是毒瘤，還是會到處轉移、遊走的惡性腫瘤。

「怎麼過去？游過去？」豬排問。

「對啦，你這個加分上大學還讀不完的，你游啊！啊原住民不是很會運動？」班長拍了拍豬排的肩膀。

阿坤管筏才剛從草叢拖出來就聽見水聲。哇，豬排真的開始游了。

上管筏前阿坤跟班長說：「這湖裡有食人魚和魚虎，最好不要隨便下去游，很危險。」

「少騙了。」

上了船屋，阿坤收起四腳網，裡面好幾隻紅魔鬼和吳郭魚，他說今晚加菜啦，就帶著大家進了家門。

船屋沒什麼好講的，就是破。地板很黑，和灶上的炒鍋一樣黑。班長說他第一次進人家家門不敢脫鞋。廁所的門壞了，阿坤的老媽尿片換到一半被看到。

「阿坤，你下課了喔？啊這兩個是你同學嗎？歡迎你們啊。」阿坤的母親招呼。

「媽，我都工作多久了？」阿坤無奈道。

「對啦，阿姨，我是阿坤的班長。」班長一手勾住阿坤的脖子。「旁邊黑黑的這個是體育股長，我們剛上完游泳課。」

來到二樓夾層，眼前是截然不同的世界。潔白的床單、乾濕分離的衛浴。阿坤說以前船屋作過民宿，但後來生意差就收掉了，備品還留著。現在就做管筏的生意，簡單一些。

「以前來了一群大學生，半夜在二樓打炮，我還以為風吹浪來嘞，整棟船屋都在搖。」阿坤笑著幫班長把行李放在船邊。

打開窗戶，剛好看見一群鸕鶿滑過水面。

「好了啦，廢話一堆，該打虎了！」班長抽起竿子還有捲線器就往樓下衝。

「走啊，走啊。」阿坤跟了上去。

抽。

阿坤拉動管筏馬達的尼龍繩，割開水面，噠、噠、噠地向潭的深處開去。阿坤深吸一口氣，柴油燃燒的味道，姑婆芋斷處的黏液，潭水的味道。

阿坤先教他們竿子的玩法，因為這次釣客是班長的關係，平常那些船長的威嚴收斂了一些。

「你要用竿子自己的彈性將假餌給『彈』出去，不是甩，是彈。」

豬排一教就會，咻咻咻地在一旁拋了幾竿。班長則是一直炒米粉，魚線一直在跟自己打架。阿坤告訴他要注意指節順線的感覺，不要太倚賴捲線器的剎車。

「收線的時候要有細節，假餌已經夠假了，你要模仿小魚瀕死或是逆流而上的樣子。」阿坤一邊捲線一邊教學，手腕每轉兩圈會輕點一下，然後停，模仿小魚精疲力竭的樣貌。魚大多是在擬餌休憩時攻擊的。阿坤說，魚虎要用騙的。

阿坤說他們還太菜，障礙區挫折感會很重，先帶他們去開放水域追魚球或是抓換氣。

浮嶼附近遇到一顆魚球，這顆很新，阿坤說可以試試。

「魚虎子孫，叫你阿公出來！」豬排將一顆雷蛙送入球心。

「阿坤，你當兵吃過一顆人球啊，記得吧？」班長問。

「忘了。」阿坤低聲道。

他怎麼可能忘了，那年西側浴室積水封了起來，連上弟兄洗加打半小時已經夠趕了，現在浴室還少了一半，大家都幹聲連連。

有一天班長集合時宣布浴室重新開放。他手中拎了一包透明塑膠袋，裡面有一球乳白色的球體。

「各位啊，昨天水電的阿伯來通水管挖出這顆——人球。我看各位是操不夠，洗澡時還那麼有體力搞事。」班長威脅後，大家開始鼓譟。

突然，阿坤的鄰兵舉手：「報告班長，阿坤每天洗澡都在打手槍。」

「出列。」

阿坤眼淚流了下來，他不知道要怎麼為自己辯護，被嚇得半個字都吐不出來。

「這顆吃下去不然大家陪你一起運動，自己選。」

「吃了！」豬排大喊，魚虎咬下雷蛙，激烈的水花炸起，船開始搖。

阿坤回過神來，趕緊指揮，讓線、壓竿，要防止魚虎洗鰓，那樣容易脫鉤，對竿子也很傷。阿坤仔細看了一眼這隻上鉤的魚虎，不是平常讓釣客玩的那幾個老班底，綠黑相間的斑紋較密，應該是新手虎媽。阿坤想讓豬排起一隻魚來拍拍照，爽一下。阿坤將撈網伸入潭中，俐落地將魚虎給起了。

「舒服。」豬排差點跳了起來。

「手打直，把魚送到鏡頭前面，這樣看起來才巨。」阿坤拍這種裝逼照經驗豐富，FB上宣傳照都放這種的。

阿坤將魚虎輕放在船上，說要幫豬排記錄一下大小，發現魚尺沒帶，就脫下拖鞋放在旁邊當比例尺。魚虎扭了幾下，中空的管筏被拍打發出鼓聲。

「碰！」突然重響一聲，班長一腳將魚虎的頭給踩爛。

「你幹麼？」阿坤大喊。

「神經病喔，為民除害啊，這不是外來種嗎？」

魚虎死了，身體仍本能性地不斷抽動，每一下打在船身的撞擊聲都敲進了阿坤的腦袋。整艘管筏都是血。

阿坤不想說話了。

那晚，阿坤他媽將魚虎給煮了，用薑絲爆香，加麻油下去炒。紅魔鬼那些小魚煮湯。失智歸失智，燒菜她還沒準備忘。飯後豬排坐在船屋邊，腳泡在水裡晃呀晃的，哼著歌。住這裡還滿爽的，他說。班長不屑地乾笑一聲，豬排馬上補了一句——生平無大志的話。

滿月的夜，月影投影在湖面不遠處，阿坤看見有魚影在翻。月光太亮，吸引趨光的飛蟲撲向水面，魚便開始覓食。

「阿坤，你跟你媽幹麼住船屋啊？」豬排問。

「跟你為什麼住部落一樣啊，水庫是我的家。」

「我知道啦，有土石流來我們也是會跑啊，但你們這違法的吧？怎麼不跑？」

「其實可以。」阿坤笑了笑，他帶豬排到船屋的後方，有根粗麻繩連接著船和岸上的樹。阿坤甩了甩繩子，潭邊的苦楝樹便搖了起來。

看誰來抓我們啦，如果是水利署或是漁會的來，我們就把船屋靠岸，當個違建，他們是管水面上的，岸上的他們管不著。農業局來就砍斷繩子當個漂流垃圾。

「有沒有一起來的？」豬排道。

還真的有。那次另一間船屋民宿裡有人開毒趴，一個拉K拉到頭殼壞掉的掉進水裡淹死，縣政府說要硬起來掃蕩。一直到稽查單位的船到了門口阿坤才知道事情大條了，想說這次真的要拆了。

這時他老媽，悠悠哉哉地拿了隻魚走到甲板，蹲在地上刮起鱗片。稽查員問你們船屋有沒有接客作民宿？阿坤他老媽說從我阿祖開始都在這裡捕魚，你新來的？語畢，魚刀一翻，將魚的內臟甩到官員的卡其褲上。稽查員摸摸鼻子，走了走了，還有幾十間要看啊。

隔日清晨，潭面起霧。晨光將水面染成粉金、淺紫、灰藍，潭水在蒸發，水鳥貼著緩慢升起的水氣飛行，緊盯潭面的魚花。飯店業者說那白皚皚的霧叫：「湖氣」。阿坤實在不知道，他們到底怎麼發明那些漂亮的詞。

對阿坤而言，霧就是霧，害他撞到玩ＳＵＰ立式划槳的妹，該死的，霧。

「水色好，今天活性應該不錯。」阿坤摸了摸潭水，溫度也行，恰巧是涼的讓魚不繼續睡懶覺，也不至於暖到讓魚往深處鑽去避熱。

「還滿漂亮的啊。」阿坤本來以為是豬排說了這句，轉頭卻看見班長穿著花襯衫，站在甲板上抽菸。

阿坤一看就認出那件花襯衫，退伍時班長帶著弟兄去台北「見見世面」的時候穿的。阿坤一直認為班長的自信與口條是他一輩子也學不會的，就算自己穿上了同一件的襯衫，終究還是個鄉巴佬。但在水庫裡，他是船長，是大家打虎時第一個想到的引路人。阿坤想，他應該更有自信一點。

「班長，帶你們去看更猛的。」

阿坤開船進入一處幾乎被竹林鬱閉的潭區，竹幹有些橫躺在航道，有些插在水中。阿坤憑著經驗在雜木迷宮中穿梭，這裡水草密，像千百隻拽拉的手。碰到一顆特別壯碩的石塊時，阿坤叫大夥先集中站在船尾，讓管筏前頭翹起，滑過石面，再像翹翹板一般向另一頭壓下，躍過去。

竹林深處浮現一處水門，阿坤將馬達切了，將推進器葉面離水。

「等等吃水很淺，要蹲一下喔。」阿坤喊。

管筏以極慢的速度貼近水門，然後俐落地滑了進去。水門後方是一處隧道，船身進入之時發出了空氣擠壓的聲響。洞內無光，阿坤拉著隧道頂部的麻繩緩慢前進。

「阿坤，你這艘管筏該不會是特別按照這隧道的寬度下去設計的吧？」豬排問。

阿坤笑了一聲。「對，四尺七。」

隧道的另一邊是一處蓮花池。季節還沒到，睡蓮還沒醒，一些飽滿的花苞只露出一裂淡淡的粉，一旁的印度杏菜開了幾朵毛茸茸的白花點綴。

阿坤從工具箱拿出一包土司，撕了一小塊往葉子上拋。

「白癡，你丟到葉子上了。」班長說。

「噓！等一下啦！」阿坤叫大家安靜。

一隻紅冠水雞從草叢裡跳了出來，小心翼翼地踏上浮在水面的蓮葉，輕盈且優雅的一腳，一葉。突然後方又蹦出個黑影，仔細一看是一隻雛鳥，蓬鬆的黑羽好像剛燙過的頭髮，雛鳥腳不夠長，只能用跳的，搖搖晃晃，好幾次險些跌入水中。

紅冠水雞母子慢慢朝麵包屑前進，過程中鳥媽一直保持緊戒，彷彿在地雷區穿梭。

突然，睡蓮下的池水翻騰，鳥媽還來不及反應，魚虎的血盆大口就將雛鳥一口咬下，留下蓮葉上微小鮮紅的血跡。

「歡迎——」阿坤張開雙手，「——來到我的開心水族箱。原本啊，是想說養些黃鱔之類的，一直養不好，後來發現裡面游進了一隻魚虎把鱔魚全吃了。哈。」

豬排問阿坤是不是現在整池都養魚虎，阿坤說沒有，生態還是要顧，細水長流啦。

「白癡喔，養起來了啦。跟你說，錢最重要，都快餓死了還管什麼生態？都那些讀大學回來的人在講的。」班長看不下去了，他說他要教育一下這位鄉下人怎麼賺錢。

「養了啦，你就外面釣客釣走一隻，放一隻出去。這就是生態平衡啦！」豬排也覺得養魚虎的主意不錯。

「魚虎會給你錢，那些喊著保育的人給過你什麼？你從小在這裡長大的，到底誰才是外來種？懂？」班長用手指用力地點了阿坤的腦袋，彷彿要把句子給塞進去。

唉唷，我要再想一下下，阿坤說他不擅長做決定。班長就說他就是這樣才會窮。

回到水庫，班長說今天一定要搞到一隻米級的，不然白來。

出了水門後，阿坤說今天太陽大，去探探岸邊樹影下有沒有阿虎在乘涼。經過環湖木棧道時，有人喊了阿坤的名字，一看，是農業局去年剛高考來的女孩，好像是中興森林畢業的。

船長大哥，今天也帶客人來釣魚唷？跑很勤喔！女孩問。沒啦，帶朋友來玩玩的。阿坤有些不好意思。改天也帶我去釣！女孩用力揮手。

好喔。臉紅了。

開遠後，豬排悠悠地道：「如果在這邊開船每天都有這種妹跟我打招呼，我也要。」他問大家有沒有看到她穿的那個很像裙子的褲子，香啊。

班長接著說：「人家說你跑很勤，混得不錯嘛，搞不少錢吧？」他一手勾住阿坤的脖子。難怪剛剛講你根本不鳥我。怎樣，要娶人家喔？

「還沒問。」阿坤傻笑。

「幹你娘還真的嘞？你有沒有跟人家講你媽是智障？住在漂浮垃圾裡。」班長哈了一口菸，「笑死。」

樹影下浮著一條下半身失蹤的曲腰，魚眼瞪得好大，彷彿死前經歷過莫大的恐懼。一旁圍著幾十條魚虎的幼苗，啄食著魚屍。

這是黑虎，要小心。阿坤知道水庫裡有幾隻惡名昭彰的，常常以啃食小魚為樂。據說魚虎身上的綠紋會隨著年紀漸漸退去，有人說是因為太陽曬的。阿坤覺得，那是堆積的罪惡。

豬排拋出一竿。

魚苗被擬餌驚嚇，瞬間散去，又很快地集合成球體的防禦陣行。

班長也拋出一竿。

「中了！」班長突然大喊。

班長拚命捲線，竿子慢慢催彎，但魚線只是繼續直直地插在水裡。

「班長。」阿坤忍住不笑。這條最大尾的。你釣到地球了啦！

「掛底了啦，不要再捲了。」豬排看班長還是沒懂，只好講白一點。

阿坤把竿子接了過去，放線，再鎖死剎車。確認魚線緊繃後，用彈奏弦樂的方式撥弄魚線，他要透過震動將掛底的餌給抖下。「等一下唷班長，我彈完一首小星星你的餌就解開了。班長？」

班長正拿著漁網在水裡晃，看什麼？我要撈魚球，帶回去養啊。

「千萬不行！魚球不能這樣搞，會出大事。」阿坤喊。

「太晚啦，這球我收下囉。」

船身開始搖動。

PVC水管摩擦發出高頻的嘰嘰聲。拜託你放回去啦，魚虎來了！阿坤懇求。你快開走啊。我的船沒有魚虎快。「蹦！蹦！」管筏遭受兩下猛烈的撞擊，班長和豬排往水裡一瞧，大概有十隻黑虎在船邊繞。阿坤知道，魚球是虎群的寶貝，動不得。之前農業局的想要把魚球抓去安樂死，還沒離開魚窟就被整群的魚虎攻擊，只好釋放人質。

又一下彷彿是魚雷轟炸，船體嚴重傾斜，阿坤緊緊抓住甲板，壓住船身。

班長跌入水中。

班長！我來救你！阿坤準備要把綁著保麗龍的尼龍繩丟下去。

「幹！快拉我上來！食人魚啊！魚虎啊！」班長在水中掙扎。

「等等——。」豬排出手按住阿坤的手，臉上竟掛著笑容。

「——讓他游一下。」

將班長救起後，阿坤向船屋全速前進，他想讓班長沖個熱水，換件乾淨的衣服。

「我是怕你那個高級的手錶壞掉。」阿坤道。阿坤說虎群他很熟，應該是看在他的份上沒對班長出手。

「白癡，這是水鬼錶，哪那麼容易壞。」班長打了個噴嚏。

到了船屋後，豬排站在外頭繼續拋竿，阿坤則是帶著班長上樓盥洗。

「喂，你跟那個妹到幾壘了？」班長的聲音從浴廁裡傳來，聲音有些悶。

「沒啦班長，就她有幫我規劃一些環湖生態的課程，ＦＢ那些宣傳也是她用的，之後可以載團客。很幫忙啦，啊就吃過幾次飯而已。」

「跟你說啦，女人喔，要用騙的。」不要說班長沒罩你，當年那顆人球，最後也沒要你吃，對吧？班長把浴室的門開了個縫，把手錶解了，交給阿坤。

「這手錶有沒有喜歡？你戴出去比較有架式啦，女孩子也比較願意跟你啊，不然人家一下子就知道你家那麼破。」

阿坤把手錶給戴上，一瞬之間，他的左右手彷彿是兩個不同世界的產物。他透過錶的鏡面反射看著自己，自己好像也變得更稱頭了。

「我當時買十五萬，算你六萬就好。」

阿坤下樓去廚房的鐵盒拿錢，被老媽撞見，看他急急忙忙，便叫他：「你錢不要亂花，又被別人騙走！」

「閉嘴啦。」阿坤拿了錢就往樓上衝。

班長換好衣服後就說要閃了。臨走前阿坤他媽塞了兩顆月桃粽，要他們路上吃。暑假再來玩喔！

班長上車後咬了一口就不吃了，他說鄉下人的東西不衛生，少吃點好。

回到高鐵站，班長馬上下車走人。阿坤搖下車窗，謝啦！再來玩。

班長只是點點頭，便轉身離去。

「啊！班長的釣竿沒帶，先放我這嗎？下次來再給他釣？」阿坤回頭看見後座的竿子和擬餌。

「阿坤，你傻了喔？他不會再來了啦，竿子你留著給釣客用吧。」豬排道。對了，出發前還沒講完，班長家裡出事了，你不知道吧？

「班長之前在網路上賣假錶被抓了，聽說是自己人看不下去跑去舉報的。」

「太……太慘了吧。」阿坤想著口袋中的錶，覺得慘的是自己。

「還不只這樣，他最近還分手，在那邊ＰＯ一些好像要自殺的文，我們看到都嚇到了啊，想說好歹他也是班長，就有人說要帶他去找你釣魚，散心。」豬排深深地吸了口菸，都忘了他人那麼靠么。

「沒事啦，大家朋友一場。」阿坤擠出笑容。

「阿坤，」豬排拍了拍阿坤的肩膀。「不是每個人都可以當朋友。」

阿坤頭低了下去，他覺得一切都太複雜。

「但是，我們勉強還算啦，下次來部落，我帶你轉轉。」豬排把兩粒粽子都吃了，便開車走了。

阿坤搭了公車回水庫，下車後，先去一旁的土雞城要了一袋的雞頭。他走到了岸邊，剛好趕上夕陽。

涼。水面的風吹來。

整座潭是橙色的，波光粼粼。蜻蜓低飛，點水，遠方還有渡船的鳴笛聲。蜻蜓停在一旁釣客的竿頭上。有魚嗎？阿坤問。釣客說好難釣，生態好爛。阿坤笑了笑。

阿坤走進一旁的竹林中，拿起水邊的一瓶空酒瓶在石頭上敲了幾下。魚影在眼前閃動，阿坤認出那綠黑交錯的虎斑。他丟了一顆雞頭到水中，魚虎馬上浮起吞下。

阿坤趁魚出水的那刻，扯下手錶，往魚虎的額頭敲了下去。

「白癡，那些餌都是假的，不要再被騙了，知道嗎？」

第六站 大肚

飛人

整座大肚山都在震動。

不是輕微地震的那種搔癢，是更低沉、更讓人興奮的「震」。震到公墓裡阿公阿嬤的骨頭都在棺材裡跳舞，震到一夜之間所有野地裡的大卷尾都飛了。

每年的Reckless復古機車越野沙圈賽，都會吸引來自台灣各地的車友來此參加這個車界盛會。整座山被引擎的聲浪吞沒，低吟的、暴力的、優雅的、囂張的，都來了。黃土與風，都是有力量的，車手催促油門，與他抗衡。血桐的掌葉盛滿沙土，野風一吹，一巴掌打在車手的風鏡上。越野胎捲起的黃沙如浪，天空是黃的，人也是。

半年前，我和被退學的獸醫系學長收了一台越野車。已經不知道是第幾手的車了，里程僅供參考，機油吃得凶，離合器間隙過大，但車子體質還行。油箱、車殼是綠色的，漆面金油參亮蔥，街燈夜下望向油箱，像一杯裝滿碎冰的青草茶。

這台VR150，我叫它小綠，陪伴了我的大學生涯。每天上下課我都要騎三十分鐘的鄉道回新社。不知道是否因前車主是獸醫系的關係，山路上那些小工廠前的黑狗見到我，都像中邪一樣對我窮追猛吠。

一日小綠熄火，我怎麼發都發不起來，車子牽到烏日高架鐵路下的一處鐵皮工廠，門上招牌寫著「三〇二輕騎旅」。系上學長說這間主要在賣二手機車的，老闆每週還會ＦＢ直播賣車，網路上很有名氣。老闆本身玩車，車子也是改很大，對古董車特別有愛。

學長在LINE上叮囑我：「找阿誠老闆，人客氣一點。」

我把小綠推到門口，保持警戒，這種工廠通常都藏有惡犬。時近傍晚，工廠裡的藍牙喇叭放送抖音神曲大串燒，低頻的音場在挑高的空間裡迴盪。爬滿鏽斑的抽風扇慵懶地轉呀轉，攪動著油氣與微光中的塵埃。工廠後面好像有一條河，水紋的光影在鐵皮上流動。

「同學，看車嗎？」原來辦公桌後面有一張後仰的電競椅，椅子上躺著一位睡眼惺忪的男子。他跳了起來，塞給我一張名片。瞄了一眼他的拇指，乾淨得不像黑手。

三〇二輕騎旅

店長 阿誠

FB搜尋：阿誠二手機車直播拍賣

我指了指店門口的小綠，店長笑著點了頭。修車喔？他走到變電箱前撥了幾個開關，日光燈灑落在四排整齊的機車上。阿誠店長往店內深處喊了一聲：「土虱！出來！」

從門縫裡鑽出一隻土狗，很肥，狗毛黑到發亮。他吐著舌頭，搖搖晃晃地朝我走來，聞了聞我的小腿，然後彷彿嗅到什麼惡臭般，掉頭離開。

我本來以為「土虱」是一隻狗。

後來一個人走出來，他眼距甚寬、髮線後撤，嘴角的小鬍向兩側刺去，穿著寬鬆骯髒的KYMCO夾克，兩隻黑嘛嘛的手在牛仔褲上抹啊抹，上半身微傾道：「嘿學長，怎麼了？」

修車啊，廢話。店長一巴掌往後腦拍去。

我們把車子推到店後方的遮雨棚下，那裡堆滿了各式機車零件，一根立起的排氣管上站著一隻金剛鸚鵡。棚外是一條工業溝渠，有幾名外籍勞工正在網魚。

有魚嗎？土虱喊。

外勞左右手各一隻泰國鱧，乳白的魚肚激烈地扭動著。土虱回了個大拇指。

那個很好吃喔，泰國鱧。不要看他噁心一把的，用薑還有麻油炒過，有點像鱈魚。

你吃過？我說。

店長有吃過一次，他告訴我的。

土虱把車子頂了起來，在維修台上仔細端詳。我頓時感覺好赤裸，很擔心小綠早已有什麼重大問題，我這白目粗心的飼主竟久未發現，等等被專家訓斥。

但土虱沒有多話，我懷疑他是否真的是專家，但看了一眼他的指甲，指縫塞滿黑油，就信了。

我把車子的狀況告訴土虱，他又繞了車子好幾圈，壓了壓打檔桿，檢查了電瓶，也試了幾次踩發。每次土虱要踩踏發動前都會緊盯著引擎，然後彷彿注入魔法一般，俐落地踩下。

試過推發了嗎？

那什麼？

土虱笑著把車子推到店外，打入二檔，離合器扣著，然後扶著龍頭跑了起來。土虱拖鞋的啪啪聲在高架鐵路下格外明顯，我看著兩條短腿在小綠身旁奮力地擺動。土虱在速度上來後放掉離合器，跳上椅墊，車子就這樣發動了起來。土虱把車子騎到我面前，炫耀似地拉轉了幾聲。

土虱跟我解釋推發的原理，讓鍊條帶動引擎。

教你，不用錢。

不用錢的最貴，我學生，沒錢。

真的啦，要你花錢的地方很多。這台車小毛病一堆，些魯、系魯要換，妹答陸漏風，還要搪缸嘞。

我大概了解了。我說。其實那些術語飄進耳裡也只能裝懂，怕被當盤子，花冤枉錢。

好啦，告訴你，你這台車啊，有飛~過唷。

土虱跟我說我兩隻避震的螺絲都不是原廠的，應該拆過幾次。

你都沒覺得你後避震特別鳥？整支都是油亮亮的像香腸啊，油封爆了，窟雄鏽掉。賣你的人一定在驗車前把他改裝的好避震拔走了啦，搞了個殺肉的爛貨給你。這台車以前應該有上過跳台，但現在翅膀被咖擦掉囉。

我想起鄉道上那幾段比較顛簸的路，三十三節脊椎彷彿就是我的人肉避震。

「避震的錢我沒有。」

沒關係，這個，我請店長幫你想辦法。

小綠正式進場維修，那幾天我常常騎著店長借我的代步車來看維修的狀況，有時候也帶個涼的、香菸來進貢，店長阿誠都會拍拍我的肩膀說我「懂做人」。

我偶然問起小綠上跳台的事。

土虱說，小綠本來就是越野車，只是不懂車的學生把他降級變成一台代步車。野馬，本來就是應該在草原上奔馳，而不是在金時代洗車場裡獻寶給89妹看的。

能改嗎？改車。

改當然是可以，就看你想怎麼玩？怎麼飛？土虱用手刀在坐墊上比畫。「我覺得你坐墊可以削短，有點café racer的感覺。」

「幹！土虱，你又要削人家坐墊了唷？」店長不知道什麼時候晃到店後面抽菸。你以為每個人都長得跟你一樣醜喔？人家坐墊要留著載妹啦！

搞不好妹自己也騎一台，削過的。土虱傻笑。

我覺得削一下應該滿帥的。我說。

店長翻個白眼，你們兩個沒救了，還表演了一段綜藝摔，就跑到一邊去餵鸚鵡了。

阿誠是我軍中的學長，很照顧我啦。他嘴巴壞，但人其實不差。土虱低聲道。

你幹麼幫他說話？我覺得他人滿爛的。

土虱笑著點了點頭。一隻飛蟲停在他的手背，仔細一瞧，是隻紅姬椿象。椿象整理了觸鬚，爬到土虱的手臂上歇息，他把蟲端到眼前，確認不是什麼害蟲後，就輕輕地將牠吹走。

阿誠店長養的金剛鸚鵡一口將蟲給吞下肚。

禮拜四是店長FB直播賣車的日子，我們被命令在後面不准用吵雜的氣動工具。「來，我們直播室一起來聽看看這綿密的排氣聲！」店長緊催油門。

催蕊！YAMAHA的LOGO大家有沒有看過？三隻音叉，就是以前小學健康檢查，護士小姐會放在你耳朵旁邊看你有沒有聾的那個啦！YAMAHA大家都知道有做鋼琴嘛，對於他們出廠的機車，聲音，也是有要求的。

土虱說：「人的一生至少要擁有過兩台YAMAHA。一台，是拿來欣賞它悅耳聲音用的，一台擺在書房生灰塵。」

我在一旁看得津津有味，油箱上的那行字讓我笑了出來，YA-HA-MA？應該是油箱烤漆完，要把字黏回去的時候，土虱憑印象貼的。但我沒打算告訴店長，不太想讓土虱被罵。

幾天後回店裡看車，一進門老闆就把雙手按在我的肩膀上說：「同學，你的避震器找到啦！」語畢他把手機打橫擺到我眼前，點開追焦社團的影片。

熟悉的一三六縣道浮現，那是車友週末小熱血最愛去的地方。追焦手——那些拍車子殺彎的攝影師，都喜歡躲在彎道旁的水溝裡拍照，一方面角度低拍起來好看，一方面也是比較涼快。獲得帥照的車友有時會買幾罐伯朗咖啡來感謝攝友。或是晚上在ＦＢ社團下留言：「感謝大大水照！」

「你看那種ＦＢ頭貼放追焦照的，不是四十歲還沒結婚的大叔，就是大學屁孩。」店長說。

赤崁頂那幾個彎最有名，角度大、下坡，車手都喜歡把車子壓得很低，膝蓋上有滑塊的還會磨出火花來。但每過一段時間，就會有一些菜鳥想學人家耍帥，結果掛豬肉外拋，整個人噴出去。有接近一半是剛牽車的大一生，例如影片中的這隻猴子，連人帶車滾進水溝裡。

走啊，晚上我們去搞一下，看能不能幫你拆個避震器回來。

凌晨一點，我們把鐵門拉下，我跟店長坐在得利卡的前座，土虱在後面貨斗。午夜的一三六縣道很安靜，空氣中有檳榔花和燒稻草的味道，總覺得有點冷，我調整冷氣的出風口，才發現根本沒開。系上迎新的時候，學長跟我們說晚上沒事不要來這，傳說很多。

「等一下到那邊，不要吵、不要鬧、不要亂問，知道嗎？」店長提醒我們。

我們來到影片中的摔車處，地上長長的剎車痕仍清晰可見。我們把貨車停在路旁的竹林裡，拿出工具緩緩向水溝走去，耳邊只聽見我們踩踏落葉的腳步聲與田裡的蛙鳴。來到溝旁，我們往裡頭望去，土虱拿出手電筒，眼前出現一輛扭曲的車體和滿地的機油，一隻牛蛙站在油箱上對我們哈氣。

聽說是OHCA。土虱說。

歐什麼？我問。

幹，不是叫你們不要亂問？到院前沒有心跳啦！店長用手背搧了一下土虱的額頭。

我們開始檢視車子。車的龍頭、環抱支架都歪了，前叉也潰縮內凹，但一些小零件仍是好的，店長說還好有「摔對邊」，卡鉗沒傷到，拆、避震，拔、尾燈，拿。

不遠處有隻手套，我一眼就認出是今年新出的A牌三季套，好奇撿了起來看看，沒想到手套裡有東西，定睛一瞧，竟是一截手指。我趕緊摀住嘴巴，以免自己尷尬尖叫。

搞到一半，突然又一台車子停在路邊。我們像窩在壕溝裡的士兵探出半顆頭，窺視敵情。

阿誠！下車的人喊了聲。原來是另外間車行的老闆，但他來晚了。

油箱你們有要幹走嗎？那人又問。

算你五百就好。店長道。

隔天我來到車店，店長說土虱出門去交車了，人不在。

「窟雄。」我伸手向店長要昨天的戰利品。

喔，等一下。店長從桌子的抽屜裡拿出兩根避震。要放到我手上之前，又要詐抽了回去，像土耳其冰淇淋的騙人把戲一樣。

答應我，店長把避震高舉過頭。

不要趁機跟我勒索。我跳過去搶，又撲了一次空。我有點想朝他的臉揍下去。

一件事，一件事就好，你車子修好之後，要繼續回來找我們，找土虱哥。店長把避震器給了我。

「土虱啊，其實是個很寂寞的人。」店長摸了黑狗的頭，肥肥的狗流了滿地的口水。

你別看他騎車很胚，車子改到瘋掉，照後鏡一定都會乖乖裝著喔，他喔，他很怕朋友會走掉。太多人都是車子給他改完就跑了，所以啦，同學，你還是偶爾要過來陪他聊天，知道嗎？

「我覺得你只希望，我過來繼續花錢而已吧！」我沒想到店長會情緒勒索，以為他只愛錢。

不然跟你賭，賭等一下土虱回來，看到我們他先叫誰。

賭一千。

來啊。

車的修復是一門技藝，外表可以擦脂抹粉，噴一點黑珍珠塑料還原漆，上點黃油修飾。阿誠說，你如果把外露的螺絲都換過一圈（最好是彩鈦的，大學生超愛），客人就會容易覺得這是一台很有「細節」的車子。而外殼裡面就是取與捨的戰場了。

「同學你看，這裡是不是塞滿了油漬、油泥？」土虱指著引擎鰭片的縫隙。很多年輕的師傅會把這些油漬處理掉，但他們不知道，這些「髒」剛好把那些漏氣的縫隙修補起來，要接受它，習慣它，懂嗎？

我最近唯一習慣的，是土虱的體臭，那是一股泥巴與機油混和後的腥氣，讓人想起工廠排放的泡沫廢水。

幾天後小綠復活了，土虱說手術過程一切順利，電路重拉、搪完缸後多榨出一匹馬力，接下來就是復健了。他問我週末車友們要去「車露」，跟不跟？

哪條路？

車露，騎車露營啦！你真的是他媽小白耶，早知道跟你這隻羊多幹一點維修費了。讓哥哥教育你一下啊！店長又開始打嘴炮了。

你問哪條路？是孫巴水路。再一個月就是Reckless大賽了，當練車吧。土虱補充道。

孫巴水路是從信義鄉孫海橋舊址到巴庫拉斯之間的水路。濁水溪的枯水期，許多越野同好都會來溯源北上，挑戰這布滿礫石的河谷。

我突然意識到，這趟旅行會不會是老闆的計謀？騎完車子又要繼續修，他繼續賺。路，硬嗎？我問。

「男子漢就是要硬，ＯＫ？」老闆秀出了他的二頭肌，然後又開始講什麼土虱很軟之類的冷笑話。

結果出發的那天老闆第一個軟掉，好像是腸病毒吧？他說他整晚沒睡都蹲在馬桶上，就先PASS了。

車友們在孫海橋集合後，將車牌用封箱膠貼了起來。

幹麼貼？

有人要用Go Pro錄影上傳YouTube啦，貼起來這樣以後賣車才能說是「一手女用車」啊！或是有人偷跑不想被老闆、太太知道。不然車友圈子那麼小，一下就被抓包啦！土虱把越野帽戴上，叫我不要再囉嗦了。

一列縱隊在清晨的河谷中前行，斜射光照耀在被河水淘蝕過的山壁上，岩石的紋理在山影的覆蓋下，鮮明了起來，像是千層蛋糕。氤氳繚繞，兩隻大冠鷲隨著晨光盤旋對唱。

風景不錯？土虱問。

我根本沒那個心力去看。路真的好硬，幾個大落差都差點把我從椅墊上甩下。我開始想，到底是我的車爛，還是路爛？土虱是不是根本給我亂修一通？搞到手痠蛋疼，我跟幾位車友乾脆站在腳踏上騎，不然再這樣騎下去，傳宗接代都會出問題。然而不遠處的土虱卻是一派輕鬆，他隨著起伏的節奏移動重心，甚至還有餘韻做一些兔跳，整個人好像在河上飛。我心想，這就是真正的「人車一體」吧？

隨著車隊前行，河床的石頭慢慢從碎石變成渾圓的卵石，這大大增加了騎乘的難度。卵石間隙大，會滾。我們像是米缸裡的蝸牛，用身體去感受每個起伏的凹凸。

這能叫路嗎？

河水越來越深，石上爬滿青苔，滑到快哭出來。渡河的時候我們一輛一輛慢慢過，一旁還有車友攙扶。過一處特別湍急的河水時，前胎打滑，我反射性地急踩剎車，結果連人帶車摔進河中。四五個車友衝過來救援，土虱跑在最前面。

「熄火！熄火！」

「手放開！」

我腦袋一片空白，耳邊依稀傳來車友的喊叫聲。大腿被小綠壓住，動彈不得，河水猛力地從我的口鼻灌入。兩人奮力把我從車子下方拔了出來，我甩下安全帽，坐在河床上咳水。

在確認人沒事後，車友的幹話就開始噴了。爽嗎？來游泳的齁？恭喜你轉大人了啦！車友常說：「沒摔過，怎麼能說騎過越野呢？」而我的初體驗，就獻給孫巴水路了。

土虱把小綠的前輪抬了起來，叫大家趕緊看看空濾有沒有進水。

跟你們出來，我才腦袋進水。

到達營地後，車友築起了篝火，脫下越野帽後，才發現我是今天最年輕的一位。大哥們一面讚揚我的勇氣，同時稱讚我的車子，我說這都要感謝土虱的妙手回春。飯後車友從後箱中掏出高粱，我喝了一口就吐了出來，大家說我還要再磨練磨練。

晚上我跟土虱睡同一頂帳，我們背對背睡，不然一身汗臭會薰到沒人睡得著。

「車子還習慣嗎？」土虱問。

車子感覺還滿習慣的，不習慣的，是我。可能是第一次騎 off-road，手把龍頭握得太緊，現在整隻手還是麻的。

土虱翻了個身，我感覺他側身的視線。那股工業廢水的味道再次飄散過來。

我第一次車露，是在蘇格蘭喔。那是近乎炫耀的口吻。

素什麼懶？不要再騙了好嗎？

真的，不然你回去問店長。

土虱他說退伍那年，他用老爸的四十萬遺產買了機票飛去蘇格蘭，在當地的二手車行買了台Scrambler就帶著帳篷睡袋往North coast 500號公路騎去。

屁嘞，你會說英文喔？我看你YAMAHA都不會拼。

不會說用比的，我教你。

土虱說他在海關的時候被問要入境幹麼？可能看他一臉就是要跳機打黑工的吧？特別把他攔下。土虱就拿起他的越野帽，跟海關比了個催油門的姿勢。

他說這車友傳說中的海岸公路沒有想像中那麼酷。海風是冷的、睡袋下的苔原是冷的、酒館裡的鮭魚三明治也是冷的。

冷到老二縮進蛋蛋裡，尿尿的時候還要進去挖出來。他說。

土虱說風景很美，但我其實不太相信他的美學。

他說，海峽中山脈的倒影、無盡延伸的墨綠原野、殘雪中的菊花與野兔、冷冽夜空裡炸裂的銀河，都是他一生中見過最震撼的畫面。筆直的公路上，方圓百里內，只有他這台機車，排氣管聲再怎麼炸，也沒人能聽見。

「我不信，有這麼順？」帳篷外濁水溪的流水，一點一點地淹沒我的意識，我真的想睡了。

很多困難的時候好嗎？被人罵過，東西被偷過，也迷過路。

土虱說有天他發瘋離開公路，騎進一片溫帶雨林中，後來聽當地人說，那是Caledonian forest——蘇格蘭最古老的森林。據說，森林裡最古老的松木是末次冰河期的後代，由於地處寒冷，生長極慢，幾十公尺高的松木都有近萬年的歷史。土虱在林子裡迷失方向，在騎過一片特別茂密的林子後，來到了一處開闊地。

那是一座遺跡湖，由於河川的改道，這裡早已乾涸。然而一些生物，仍遵循著遠古的生理時鐘，繼續探望此處，例如，眼前的上千隻大雁。

「雁？是有點像鵝的鳥嗎？那又怎麼樣？三杯？」

「身為一位車手這個時候你要做的，只有一件事。」土虱用手指點了點我的背。什麼事？

同學，看來你真的還沒準備好成為一名真正的車手。這時候要做的就是——

土虱深吸一口氣，彷彿是要把往日的風景召喚到眼前。

「催蕊。」

土虱把油門催到緊繃，往雁群裡衝去。整座遺跡湖像是沸騰一般，一瞬之間，所有的大雁都搶著起飛。白羽如細雪般落下，鳥鳴和拍翅聲震耳欲聾。雁鳥體型大，起飛時需要小跑一段，因此剛剛騰空時，也不過是離地一兩公尺的高度。

土虱說，那時的他好像是一個飛人，騎著機車，在雁群中飛行。

孫巴水路初體驗之後，我的屁股就黏在坐墊上了。每天不是在三〇二輕騎旅混，就是在打工存錢改車。我想在Reckless大賽前，將小綠調整成心中最理想的樣子。

比賽日終於來臨，我整晚幾乎沒睡。腦袋裡，不斷重複播放開賽時車子衝出去的畫面。「離合器含著，出去的瞬間龍頭要壓，我們高扭引擎的拉力要控下來，知道嗎？」——這是土虱對於起跑時的叮嚀。

比賽分成好幾個組別：有金旺組、偉士牌組、女子組、一般組，還有今年特別加入的——飛人組。我報名的一般組跑的是經典賽道，從觀眾席前方出發，緊接著三個連續髮夾彎——那是失誤最常出現的地方，打滑的車子常相互打架，一個不注意，就會像交尾的狗一般，卡在一塊，怎麼樣也拆不散。再來是急坡陡降，下切到一處水坑，濺起的泥水會遮住你的視線。去年就有個車友視線被遮蔽，直接連人帶車衝進樹林裡，右手開放性骨折。最後的重頭戲是三個土丘跳台，在那，騎士要控制好車子的重心，尤其是落下的瞬間要小心不要挖地瓜，輪子吃進泥土之中。這是很危險的，瞬間的衝擊力會把騎士彈飛。

飛人組跑的路線基本上跟我們一樣，只是最後要拐進觀眾席的另一側，那邊有座三十公尺長的斷橋跳台。土虱，就是這組的參賽者。

大賽之日終於來臨，派出所調派警力支援大肚山各入口的交通，對於違法改裝是睜一隻眼、閉一隻眼。據說從清水、沙鹿、大肚一直到彰化都聽得見山上的排氣管聲，比較敏感的人，心底會因為那震動而搔癢。海風一吹，黃沙漫天，台中市區的人們以為又是沙塵暴來襲而關上了窗。

車友排隊上山，窄小的產業道路並未設計讓這麼多車子同時前行，當然也是有人過度興奮，還沒到賽場就摔車了，據說每年都這樣。終於來到場地後，你可以感受到那股興奮與刺激感瀰漫在空氣中，混雜著機油與汗水的味道。相思木林裡停著各式各樣的復古機車，也有車隊插旗占地。車主站在車旁對於每個好奇而來的車友，解釋他的得意之作，簡直就像是一個大型的科展會場。賽道旁，有人是來獻寶的，有人是來交朋友的，也有人一臉嚴肅像土虱一樣——來贏的。

「土虱哥，帥喔！」我過去拍了土虱的肩膀。

土虱穿著一身紅色的車衣、越野帽，要不是阿誠老闆站在一旁，我真的差點認不出來。

看不到臉當然帥啊。阿誠店長則是緊身皮衣配牛仔褲，長靴上還配有馬刺。

「平常心啦，好好享受比賽。」土虱道。

比賽在搖滾樂團表演結束後正式開始，首先登場的是金旺組。金旺是一九七〇年代的國民車，很多玩復古車的人對它情有獨鍾，社團只要有人ＰＯ出能發能動的，幾乎都是秒殺。要把這麼一台爬滿鏽斑、零件稀少的老車改得不像從阿公車庫牽出來的，甚至是賽道上那些帥到讓人流口水的，是要付出相當多的時間與金錢的。緊接而來的是偉士牌組，這組的人騎得特別慢，原因有兩個：一、偉士牌原本是軍艦上通勤的小輪徑車，越野本來就不是它的強項。二、偉士牌的零件貴到嚇人，很多車友都會乾脆一次收兩台車，壞了就拔另一台的零件來修。女子組這幾年越來越多人報名，甚至還有車隊在培育選手。遠從台東來征戰的阿美族美少女是近幾年的常勝軍。

接下來是我報名的一般組，騎上小綠的時候我全身在發抖，甚至還一度發不起來。起跑的瞬間，世界彷彿被消音一般，都安靜了下來，群眾的吶喊、追焦手的快門、引擎的作動都靜聲了。一切只剩肌肉記憶，過彎時伸腳，跳台時重心的調整，還有呼吸，幾乎忘了怎麼吸氣。

大概是到了最後半圈的時候才回過神來，車子前叉發出了怪聲，我心涼了一半，幹，不會又要修了吧？也是那一刻我終於理解一件事——

——我根本就不愛騎快車，只是想把車子用成漂亮的樣子給大家看而已。如果車子摔到、壞了，我會哭死，也沒錢修它。飛人很帥，只要飛的不是我跟小綠就好。

我放棄了晉級的機會，安全慢慢地滑到終點。

可惜呀，前半段還跑得不錯。土虱道。

有盡力就好。我唬爛。

土虱則是一路過關斬將拚進了決賽，我站在觀眾席想拍下他飛躍時的身影，卻不斷過曝，一旁的攝手告訴我說：「那個紅色車衣的跳太高了，背景拍起來都是天空啊。」

決賽時大家注目的焦點是上屆的冠亞軍，他們的車衣一紅、一白。紅衣的土虱上次跑第二，這次要來雪恥，要來證明自己。

賽旗降下的瞬間，場子炸開，全場的歡呼聲沸騰。他們幾乎是肩並肩衝出，速度完全不像是騎越野賽道。

「慢了，有猶豫。」阿誠老闆說土虱起步沒有把握齒比的優勢，很傷。

「紅衣的高扭引擎在彎道占便宜啊！」主持人看著土虱卡住內線，在彎道殺出重圍。

來到大泥坑，大家戲稱泥鰍池的凹陷處，越野車濺起的水花猶如一對展開的鷹翅。土虱如魚得水，在這裡跟白車拉近了一點點的距離。

迎戰跳台，土虱身輕如燕，縱身一躍。滯空之時，土虱竟有餘韻向觀眾席比出了Rock的手勢。

「那紅衣的，飛那麼高，是不要命了嗎？」主持人以讚嘆的口吻笑道。

第一圈跑完，土虱落後白衣車手〇・四一秒。他們兩個都已經打破了大會的紀錄，遙遙領先其他車輛。每個彎道、每個跳台，土虱都緊咬著，但那半顆輪子的距離一直在那，一個微小失誤、一個心跳的間隙。

入彎、壓車、出腳，紅幾乎是白的影子，一層層的黃沙覆蓋上去，兩人逐漸融為一陣沙塵，為速度、為熱情而吹起的風暴。

最後一圈，紅白兩車已完全脫離其他車輛，來到最後一個彎道時，車子會短暫消失在相思樹林的後方，眾人短暫屏息等待殺出林線的人，究竟是紅？是白？

三〇二輕騎旅的LOGO出現在眼前，超越了！車友們再次高潮。

阿誠老闆放聲大喊，最後直線，衝啊！

有時候，我會覺得，上天對土虱很殘忍。每天蹲在鐵皮下修車，滿手黑油。偶爾還要被店長修理，騎著削短坐墊的車子回家，他是否曾感到孤獨與無奈呢？也許，只有在他騎上車子，奔馳、跳躍的時候，他才能脫離平庸，淺嚐一口自由的滋味吧？

就在此時，土虱的車子失去了動力，一陣黑煙從車殼底竄出，土虱緩緩來到賽道邊，熄火了。

那是一瞬間的事，白衣騎士詢問狀況，眼神是詫異與不捨，土虱揮揮手——

「沒了，你先走吧。」

然後白衣騎士拉轉，刺耳的引擎聲炸響，越野胎刮開泥地，撕裂土虱奪冠的夢，向終點，疾馳而去。

土虱呆坐在那，一動也不動，任憑超越他的車子朝他身上潑灑泥水。

「幹！車子牽起來，跑起來了！發什麼呆啊！」店長忍不住衝出觀眾席，踹了土虱一腳。

土虱跑起來了，和阿誠店長一起牽著車子跑向終點。我想起那天他在店門口幫我推發的身影，這就是玩車、愛車人的樣子吧？土虱無緣站上頒獎台，卻被頒發了「最佳泥鰍獎」，象徵著在泥水當中無畏、不放棄的精神。

土虱的背影，在車友社群之間廣為轉發，大家都被土虱的精神所感動，阿誠店長也把握這難得的機會好好蹭一波熱度，三〇二輕騎旅在直播近一年之後終於迎來第一次的商業合作。地方財團與宮廟共同出資興建的大橋落成，希望在剪綵的典禮上安排土虱騎車飛越河流。

這其實不是什麼新鮮事，土虱上跳台已經好幾年了，只是之前都為了爽而飛，沒有用它來賺錢。

七十公尺寬的河面橫躺在眼前。這是從未挑戰過的距離。「美國飛人哈維爾的世界紀錄是一〇七公尺。」我和土虱肩並肩站在河邊。他摸摸河水，笑說水溫很舒服，掉進去游泳也不錯。

你以為你是飛人嗎？這距離不是開玩笑。

土虱笑了，那笑容是我看過最醜的，像是一隻老鼠看見廚餘的表情。但或許也是最真的。

土虱戴上越野帽之前喝了一小口高粱，然後打開機油口，也給車子喝了一些，並把玻璃杯摔碎。他說擔心會怕，車子會怕。

如果再回到那天，我會拿鐵釘把車輪給刺爆，會再聽一次土虱去蘇格蘭的故事。但土虱只是在橋的那頭對我們揮了揮手，就義無反顧地，衝了出去，油門一轉，轉動了命運。

那是河上之風也無法匹敵的速度。快，還要更快，三檔、四檔、五檔，土虱隨著引擎的咆哮劃破空氣，然後隨著跳台，延展，拉升。騰空之時，我以為土虱會一直飛、一直飛，飛越河川，飛越大肚山。車與人，在空中好似行駛在隱形的道路上，在雲朵上越野。

著地的瞬間我就知道出事了，雖然距離有飛到，但前輪落地的角度不對，太前傾了。土虱重摔地面。

急診室護理師告訴我們要做最壞的打算。

我和阿誠店長站在急診室外的雨棚下，店長說他要打電話給土虱的姊姊。

「媽的，如果不是你硬要接這什麼爛案子，土虱哥現在會這樣子嗎？」我這句話到了嘴邊又吞了回去，店長臉上的淚水讓我語塞。

店長說，土虱著陸失敗後，他是第一個來到現場的。土虱滿口是血，意識恍惚，上救護車之前，口中喃喃——

「學長，對不起。」

我告訴店長，土虱跟我有約定，畢業那年要再帶我去一次蘇格蘭，跑North coast 500，嗑難吃的三明治。

他沒去過蘇格蘭。店長說。而且你還欠我一千，別想捲款潛逃。

店長阿誠說退伍前，他在成功嶺訓練班人事組擔任組長，土虱是三〇二旅的班長，時常有文書公差來往，日子久了也就熟識了，常常跑個公文就坐下來喝兩杯茶，那時就知道土虱有在玩車。

放假時他們常約跑山。一般就是去一三六晃晃，有閒情逸致就走台八線去福壽山農場吃水蜜桃。

有一回跟車隊出去，有新手過彎角度沒抓好，急剎，自摔，後面的土虱為了不從車友身上輾過，就去擦撞護欄。結果車子就這樣往邊坡下衝去，撞進一間雞舍裡。

沒想到事情還沒完，雞舍的主人是當地議員的妹妹開的，一狀告到成功嶺，說一定要揪出戰犯。店長說他是土虱的長官，他督導不周，就出來把這顆子彈給吞下去。

懲處名單下來，店長阿誠被調單位處置，並記小過一支。

那天阿誠在寢室收拾行李，土虱敲門，手上還抱著公文。

報告長官，聽說你調外島？

別叫長官了，我要退了，家裡還有老的要照顧，走不了啊。

你要去哪？

回家接老爸的機車店吧？不用擔心，餓不死的。

那我也跟你去。土虱語氣堅定，沒有退縮。

你會修車嗎？不要想跟著我當爽兵，沒這種缺喔。

你教我。

媽的，這樣人家會以為我逼你退的。

「我會說是我自己選的。」

那晚土虱走了，我停在醫院停車場的小綠怎麼踩都發不起來，後來我就在深夜的停車場裡試著推發，土虱教的那招。帶著小綠繞啊繞的，一直轉、一直轉。好幾次我以為引擎銜接上了，卻又撲了空，我在油箱的墨綠漆面中，看見滿頭大汗的自己，和背後巨大、廣闊的黑。

我再次回到三〇二輕騎旅，阿誠剛直播結束。店長在直播裡有放當天土虱的影片給大家看，並一把鼻涕、一把眼淚地告訴大家：「那是我的兄弟，我都叫他土虱。我故意把影片最後墜毀的畫面剪掉，把畫面停在他滯空的時刻。我想讓大家記住，他飛人的樣子。」

那一次是阿誠直播的高峰，賣了五台車，也收到了上萬元的抖內。

我把小綠牽了進來，跟老闆說上次Reckless騎完車就怪怪的，想到後面調整一下。他說隨便。

「店長，土虱哥的東西你有要留嗎？」我隨口問。

「KYMCO的外套你帶走吧，我看到就難過。」

「喔，那件臭衣服我不要啦。我想要他越野車的坐墊。」

我話還沒講完，桌子上的藍牙喇叭就朝我飛來。店長只差沒把桌子踢翻，一臉要殺人的樣子。你再說一次看看？

「怎麼了，我以為你只要有價錢都可以賣，像一三六縣道上摔死的那個。」

「滾。」

我被店長轟了出去。他站在門口喊著土虱不是這樣給你糟蹋的，說不是什麼東西，都能用錢買的。

第七站 中和

乾潮反漲

在澳洲卡卡杜國家公園東北方有一片赭紅如血的沙灘。由於長年的鐵礦採集，河水把鐵質積累在海岸，形成紅沙。那是軍事重地，鮮少人前來。海欖雌的呼吸根從土壤中鑽出，許多生物被困住，大眼海鰱、鹹水鱷、箱型水母、偷渡客。一尾海鰱被南赤道洋流拍打上岸，圓又大的眼睛反映著南十字璀璨的星光，像淚水。一位駐守的傭兵輕輕將牠拾起，心想，還好，還好仍活著。

「走啦，走啦，去找幹幹鰱。」

午休睡到一半，泰山打了過來，不知道哪根筋不對，給我打學校內線。

「蕭胖嗎？流水到了，開單入場囉！」泰山在耳邊喊。

我抬頭環視午休時的英文專任辦公室，鵝黃的窗簾上有大王椰子的葉影。你有病嗎？我用氣音對著話筒說。

「乾潮反漲，魚要進來了，一句話，走不走？」

深吸一口氣，我七、八節還有課，不能釣太久，掛掉。結果掛得太大力，隔壁資深的老師乾咳了一聲，我趕快溜。

好熱。我一踏出開著冷氣的辦公室就後悔了，到洗手台想洗把臉，腹股溝的臭汗水龍頭已經打開了。走過穿堂，管樂社的練習聲在空間裡迴盪，黑板樹上的熊蟬死命地叫。排球場上，女排校隊開始練接發了，一旁的樹蔭下站著她們的教練，泰山。

泰山人很高，又黑，遠遠看過去像根電線杆。

「泰山，超熱，魚都躲起來了吧？」午休時間不讓我好好睡，真想拿顆排球砸他臉。

泰山把隊長叫來，交代了今天下午練球的菜單，便帶著我往東君樓後方的牆邊。

老實說，我跟泰山都不是什麼優良師資，還好也沒人期待過我們。我賺錢，養家；泰山賺錢……就做他想做的事。拿去玩吧？我搞不懂。

翻牆，沒問題吧？泰山轉頭問。我點頭，都到這了，能怎樣？

牆的另一邊是台糖的地，一直空在那，社區阿嬤在上面種起地瓜和番茄。再過去就是河了。

在這邊教書四年，很少注意到學校旁的河流，只有在上游工廠排放廢水，叫學生把窗子關起時才會注意到河的存在。穿過菜園，來到一處橋下，每當有車輛經過，陸橋的接縫處就會傳來規律的節奏聲。橋下停著一台破舊的腳踏車和幾包家當，但沒看到人，河上有風，吹拂晾起的汗衫。泰山拿出釣具，開始組裝。

「這叫蹺班竿，偷跑專用。」泰山從背包中掏出兩套四節竿，安上捲線器，把母線穿過導環，綁子線，上別針。泰山說，如果在城市裡扛著大釣竿走在路邊、搭捷運都會被當成怪阿伯，只能帶這些便攜緊湊的傢伙，在夾縫中偷偷拋出一竿。

餌嘞？需要我去菜園搞幾隻蚯蚓來嗎？指了後方。蕭胖，你那什麼老人釣法？被泰山笑，「我們要玩路亞假餌，Lure，ＯＫ？」

摸摸鼻子，路亞釣什麼的師大也沒教，我怎麼懂？「你剛剛說要釣什麼魚？幹幹鰱？」

「對啊，現在是乾潮反漲的時間，外海的流水會進來，魚一起，幹幹鰱最多。」泰山把釣組遞給我。

「為什麼叫幹幹鰱？」我問。

「海鰱、爛槽、幹幹鰱，名字很多啦，你有釣到就知道為什麼叫幹幹鰱了。」

開釣。泰山說，幹幹鰱很瘋，只要會動的都咬，看到魚花往那邊甩就對了。

「唉，我爸上個月心臟裝了兩根支架，現在還在用保險。」我拋出假餌，力道沒掌握好，敲到橋墩反彈進水中，水花超大。

「是喔。」泰山有氣無力地應。

「我老婆也是，說我呼吸中止症的問題很嚴重，吵到她睡覺，最近都分房睡。」

「喂，閉嘴好嗎？來這就給我好好釣，我管你老爸怎樣，老婆欲求不滿，你看，魚都快被你煩走了。」

「好，我閉嘴。」

沉默。午休後的鐘聲響起，與橋上的車聲糊成一塊。紡車捲線器的出線聲在橋底迴盪。河風把我們的線拉扯呈弧形。

不知道是誰先打破凝結的空氣，我跟泰山都笑了，我們到底在幹麼？兩個國中老師，蹺班出來釣魚。

「欸，不是啊，泰山。正常人應該安慰我一下吧？兩個男人，出來釣魚，談談心事。You know, man's talk。」

「那究竟幫過誰了？把心事講出來，根本沒屁用。」泰山笑著說。

跟你講什麼才有用啦，泰山用竿頭指向河口。暑假的時候出海口那邊的漁村會辦音樂祭，妹子超多的，煙火也很讚。

「去那要幹麼？那些樂團我都沒聽過。」

要幹麼喔？泰山豎起兩根大拇指，大腿夾著釣竿。

「大口喝酒，瘋狂做愛！」泰山挑眉道。

啊我太太怎麼辦？「一起帶去啊，還有你那個快死的老爸，一起去——」

「——大口喝酒，瘋狂做愛……中魚！」我話還沒講完，竿頭就彎了，捲線器瘋狂出線，我瞥見銀色的魚影翻動。泰山叫我把捲線器剎車放鬆一點，比較有搏魚的感覺，捲線器滋滋滋地響個不停。「玩一下。」他說。我一個揚竿，魚躍出水面，洗鰓，銀白側鱗閃動。

「要小心，牠嘴皮很薄，如果再抖幾下，就會跑囉！」

「啊幹幹幹幹！」我大喊。海鰱一個扭動，反向衝刺後，脫鉤了。

我知道為什麼叫幹幹鰱了。

「蕭老師，你坐啊。」

校長很胖，我也是，然後我們都戴粗框眼鏡又愛穿格子襯衫，很多學生就以為我們是一掛的，甚至還有人覺得我背景很硬。要命，宅宅的胖子就一定同一國的嗎？

「知道我叫你來幹麼嗎？」校長笑了笑，他肚子頂到桌子，靠過來，撞到我的膝蓋，痛死。我抬頭看見校長後方牆上的山水駿馬圖，每隻馬都在笑我。

知道啊，全校都知道。南華樓的廁所從他到校以來已經重建過兩次了，蓋好，拆，又蓋，又拆。每次包商都同一個，他小三開的營建公司。上一個總務主任做到最後憂鬱症、躁鬱症、失眠什麼都來了，留職停薪，回老家養病去了。

「總務工作其實不難，都有SOP，主要就是明年地下停車場要蓋，那個我都安排好了。蕭老師，你只要順水推舟就可以啦！」

「我再想一下。」

「想什麼啦！你老婆不是快生了？你專任別幹了，接行政，還有加給，接行政的課表沒有專任的滿，之後你們要產檢什麼的都方便啊！」

「老實告訴你。」校長又補一句，苦，也就一學年而已，你總務接完我安排個爽的給你，女排教練有沒有興趣？

女排教練？那不是泰山的缺嗎？

「泰山他很快就要走了。」校長回答。泰山都沒跟你說嗎？

「教育就是這樣子啦。」校長講到夯起來，開始闡述他的教學理念，真快受不了，偷偷在桌下LINE給泰山：「校長室，救命。」

過了一下子，校長室的陽台傳出狗在哀嚎的聲音。起初聲音微弱，校長的鬼話連篇還蓋得過去，但最後聲音大到無法忽視，我們都轉頭望向陽台。

「我去看一下。」

「沒關係，我剛好要回去上課了！」我抓緊空檔，準備奪門而出。
「蕭老師，你最近跟泰山很好齁？不要被他帶壞囉。」我離開前校長丟出最後一句。
出來後我馬上看見泰山氣喘吁吁地跑過來。「怎麼樣，救到你了吧？」他上氣不接下氣。
「是外面的狗亂吠才救到我。」
「嘿嘿，」泰山左右看了一下，確認四下無人才拉開外套的拉鍊，褲頭插著一把槍，我嚇得後退兩步。
「ＢＢ槍啦，我剛剛從東君樓五樓的花台狙擊校長的狗，哈。」
「什麼鬼，太誇張了吧？」
「還好啦，現在日本製的電槍射程很不錯，五十米之後才會下墜。」ＢＢ槍浮著一抹沉穩的光暈，槍口處一片紅色的貼紙寫著「請勿將槍口指向人或動物」。
「白癡！誰管你槍哪裡來的，你帶槍到學校！還射校長的狗！」
「那是他小三的吉娃娃啦。」
「你不能這樣虐狗。」
「吉娃娃算狗嗎？」

「沒救了你。」

泰山傻笑了一下，瞄了我一眼。欸，想不想出海釣？上次不是問幹幹鰱能不能吃？帶你去釣大尾的，能吃的。

「我沒你那麼愛釣。」

「蕭胖，跟你說啦。」泰山手搭在我的肩上。海邊那裡已經乒乓叫了，岸拋的都說不知道什麼大貨在炸，在翻。

沒救了。

天未亮，泡棉船割開海面，拉出V字型的白色波紋。泰山對著海巡哨揮了揮手，便衝出港區。肉粽角上已經蹲滿磯釣的阿伯了，拋出的螢光浮標在天上畫出一道光軌，像流星。

「會冷耶。」我把手插進救生衣裡取暖。

嗯。泰山繼續筆直地將船駛往外海，濺起的水花打在我的眼鏡上再流到嘴角，好鹹。有魚貼著船邊伴游。

泰山的泡棉船不大，兩個人坐上去已經緊繃。船寄放在港區船室裡的架子上，泰山用機車勾住船頭的繩子，發動，把船從層架上拽下來。

提速，此刻船頭站著一隻吉娃娃，身著犬用救生衣，驕傲地，迎風破浪。泰山說他跟狗已經和好了。

「你怎麼跟你老婆講的？」泰山問，吃了一大口濺起的海水。

「我說我今天要研習。」婚後的週末是屬於家庭的，除非有外快可以補貼奶粉錢。

「今天幫你補釣魚的時數啦。」

來到外海，我才看清楚海霧裡聳立的離岸風電機，幾隻海鷗停在閃爍的紅燈旁，看著這巨大的金屬孤獨地插在海中，我不知為何，覺得更冷了。泰山把泡棉船開了過去，風電機基座有一條粗麻繩，與船身固定後，泰山跳上基座，蹲下來抽菸。「等流水。」他說。

「喂，泰山，你不是沒車嗎？我看你下雨天也騎車來學校，還搞這個泡棉船喔？這多少？要十吧？」我拍了拍船身。

「嘿嘿，這台小鋼炮有裝魚探機，要快四十。」

有病。我冷笑，吉娃娃自己跑到風電機的基座撒尿，看來不是第一次來，基座的金屬有一處特別鏽蝕，幾乎要被尿穿。

「船啊，校長買給我的。」泰山在另一頭喊。

什麼鬼？校長是你的誰？

「哈哈，他是我老爸。」

我快瘋了，校長是你老爸？不合理啊。

「真的啦，但我們最近比較少講話，很僵。」

「笑死，你們父子都沒辦法講心事齁？」我笑他。

日出，泰山眼睛並未看著海面，而是緊盯著空中的鷗群。晨光很美，海另一邊的積雲被染成淺紫與粉金，黑尾鷗的飛行羽反射著橙色的光暈。海鷗開始聚集，形成一顆扎實的鳥球，在不遠的海上盤旋。

「啾啾來上班了。」泰山跳上船。衝囉，船長，我們也要開工啦。

刷！海面沸騰，白色的沫炸開，幾百隻魚苗躍出水表，海鳥搶食，鳴唱。什麼鬼，魚這麼小，釣屁喔？我有點失望。「大的在下面，牠們在下面頂，把小魚趕上來。」真假？有什麼貨？「飛扁、煙仔虎、學仔，Mahi Mahi偶爾也會來亂。帶賽的話，幹幹鏈也是有。」

泰山遞給我釣組，上面的雙鉤鐵板跟我巴掌一樣大。哇靠，是要釣鯊魚喔？這塊鐵會有魚要吃？梭狀的鐵片上下綁鉤，在日光下閃閃發亮。「會啦，這裡的大貨，都一米左右喔，準備好健身了嗎？」我們在鳥球正下方，鳥影映在船身。啾啾啾啾，好吵，但我們不敢太大聲說話，怕一不小心吃到鳥屎。

我有些遲疑地拋出鐵板，泰山說往泡沫裡丟，然後開始朗鐵板，「朗」是介於抽和拔之間的動作，朗鐵板的背影很像一個在激烈升旗的白癡。

朗一下，飄一下，再朗，飄。

泰山說，咬訊會比竿頭訊號更明顯，要用手心去感受。我感覺餌在海裡撞到什麼，或是被什麼咬了一下，每一次手裡的竿抖，我的心臟就漏跳一拍。

一瞬之間，傳到手心的震動像是一顆快速直球，扎實而凶猛。竿大凹，線狂出，捲線器發瘋地響。「喂喂喂，剎車鎖到最死，這不能玩。」泰山說，他幫我調整一下捲線器。好重，如果現在海面浮出一隻鯨魚我都不意外。你說這是什麼？煙仔？飛扁？「專心啦，你手不要去摸線喔，會削掉一塊肉喔。」

魚高高躍出水面，滯空，彷彿慢動作。青灰色的鱗，透黃的側鰭完全張開，大大的眼睛瞪著我們。

「哇，你跟這爛槽真有緣，出海也被你遇到。」

拖回來，幹幹鰱真的很會跑，光這尾就搞快半小時，鑽船底、洗鰓、暴衝，絕招很多。能吃嗎？這傢伙。我氣喘吁吁地問。哈，長這麼大也沒人要吃啦，肉很爛，纖維很粗，東南亞那邊會做成魚露。

後來泰山也中魚，一隻飛扁、三隻煙仔，賺歪，他說這樣賣海產店大概兩千。

船底都是血水，血滲進褲子裡，黏住腳毛，好痛。泰山說幹幹鰱特別會噴血，這整船有一半是牠搞的。

「別看牠那麼脆弱喔。」泰山說，整座太平洋、印度洋都是海鰱的家。

「下輩子我要投胎當一隻海鰱，那麼的自由。」泰山望著冰箱裡的海鰱，海鰱大大的眼睛也回瞪著他。

「不然這樣，海鰱你說難吃，我帶。」

收隊靠岸，我們幫吉娃娃脫了救生衣，發現牠整隻被染成紅色，像顆火龍果。接著再跟泰山把冰箱先搬到岸上。一個重心不穩，泰山跌坐地面，潑了他一身魚血、體液。笑死，人家暈船，你暈陸地喔？你也想當火龍果？我笑他。

「可能快死了吧。」

這個也能開玩笑？有病。「對，我有病，大腸癌。」

「別唬我。」

但泰山沒騙我，回學校後才發現他常跑醫院。我問他病情，他總說問這幹麼？無聊，我自己搞定就好。想多關心兩句，但話到了嘴邊又吞了下去，真的不擅長講這些話，我說服自己，陪泰山釣魚就是最好的安慰。

隔幾天把魚從冷凍拿出。沒殺過魚，這是第一次。

昨天上網訂的電動去鱗器到了，一開，魚鱗噴得整個廚房都是。新的系統櫃啊，別給我搞髒，老婆叫我去陽台弄。

電動的太難操作了，我還是乖乖拿出菜刀慢慢刮。

「什麼魚？」鄰居在陽台抽菸問了一句。至少有五斤吧？好大。

「爛槽。幹幹鏈。」我勉強擠出一抹微笑。笑，保持友善，不想被檢舉。

打鱗後，我將刀子轉到刀背開始敲。

爛槽的肉，纖維粗，直接煮很難入口，做成魚丸或水餃的餡比較好。上網查的，不知道是不是唬爛。

敲敲敲敲敲。魚背、肚、側邊全敲一輪。直到骨肉分離。

滿頭大汗，我用手背擦汗，一小塊魚肉飛到老婆曬著的衣服，又要被罵了。

我接著將魚腹剖開，把內臟、腸子拖出來，趕緊把腥氣封印在垃圾袋裡。拿出一隻鐵湯匙，把魚肉刮出來。鐵湯匙在魚刺上來回滑動，規律的震動在手中，有種律動的節奏感。

魚肉因為敲打變成糊狀，我刮起一坨魚泥，像是一球冰淇淋。

一日下課，步出教室，眼角餘光瞄到校長，假裝沒看到，開溜。

「蕭老師，還裝啊？」我被拉住衣領。校長一個勾臂銬住我脖子，把我架進校長室。最近有跟泰山聯絡嗎？他又問。他消失好幾天了，我哪知。暫時還不想戳破他們父子關係的祕密，安排自己人兼任校務看來是校長的手段，如果可以，我並不是很想要當校長的「自己人」。

但我怎麼可能不知道，怎麼可能不知道國泰醫院7B病房，健保床，跑好幾次了。不想跟校長講太多。

「我要備課，謝謝校長，我先走，掰掰。」我用趕課的語速噴出這句。

胖子，給我坐好，今天沒有要跟你講那些。校長倒茶給我。

「說個故事給你聽。」茶的熱氣爬滿校長的眼鏡。

「媽的，你也胖子，廢話一堆。」很想這麼說，但我還有家要養。

「我當年師大畢業，先去澳洲打工三年。」

校長，你也去「尋找自我，find yourself」？你去摘蘋果還是去屠宰場？

「沒啦，我去當傭兵，北領地的。」喔。你不信嗎？照片我還有。信了，信了，他們對你好嗎？

「喔，他們很歡迎我啊，一見面就說"Just go the fuck home, chinese pig."」

校長說他先在凱恩斯上兩個月的課，英文跟野外求生技巧。接下來整班坐五噸軍卡到北領地，下基地做半年軍事訓練。那裡的教官說，靶打得準沒用，到時候那些海盜、偷渡客可是會跑的。澳洲地大，人太少，直到市區多了很多亞裔新面孔，移民局才驚覺偷渡的嚴重性。後來就陸續加強邊境防守，也有募傭兵。

校長說北領地那的土是紅的，紅到刺眼，比夕陽還紅。傍晚時的尤加利樹林會罩上一層淡藍的霧，是酒精，無尾熊一生都在醉。到處都在養羊，羊比村民還多。

真的有看過難民嗎？偷渡的。深夜裡比南十字星亮的就是那些偷渡船的光，他們閃，我們也閃，告訴他們這裡還有人管，不要亂來。

有看過人嗎？殺過？「我們看到的時候已經死了。」校長說。屍體漂在海邊，應該是中了箱型水母的毒啊，很慘。

講一堆，重點不是這些。蕭老師，你也有在釣吧？我說玩玩而已。那邊我最會釣，澳洲那邊的原住民都笑我Chinese很懂吃，反正就釣。其實釣來釣去就兩種魚，Ladyfish和Bomb fish，海鰱跟炸彈魚啦。澳洲也有海鰱？我問。整個印度洋、太平洋都有。釣到炸彈魚他們就拍手，說今晚有Bush taka，叢林美食，什麼是叢林美食，鱷魚、鳥、袋鼠、蟲、果實、魚都算。但如果釣到海鰱他們就說我沒用，原住民寧願喝有柑橘味的螞蟻茶，問我要不要乾脆偷渡回去，晚上幫我送上船。

那你幹麼回來？那邊聽起來很好玩啊。校長。

「因為泰山要上小學啦。」

我差點從椅子上跌下來，這地下關係是可以這樣隨便見光的嗎？

校長笑了，輕蔑的那種。蕭老師，你大概是全校最後知道的吧？看你的表情，你都沒在跟其他老師互動喔？我就是正大光明安排自己的親戚朋友來學校做事啦，懂？泰山的朋友就是我的朋友，朋友可以當總務主任。

步出校長室，滿腦子還想著剛剛的故事，我想像著泰山和校長坐在尤加利樹下喝螞蟻茶的樣子，想像他們站在北領地的岸邊釣海鰱的模樣，覺得荒謬。

下班後我坐公車到醫院去看泰山。

走廊上見到他的主治，他說這波化療走完週末可以出院，我又小聲問，還能活多久？醫師要我自己問泰山。

進房時泰山還在睡，一旁的桌子上有一顆排球，上面簽滿了排球隊小朋友的名字。幾顆假餌和一捲碳纖線，是有多愛釣？笑死。

「還睡啊。魚來了。」我踹了一下病床，點滴架差點倒，泰山驚醒。

趁他還在茫，我把泰山的床搖起，讓他坐著，把便當袋中的保溫盒取出，送到他面前。

「住院還給我吃營養午餐喔？你還真——貼心啊。」泰山酸了我一句。

打開吃啦。保溫盒裡面是湯，上面浮著幾片香菜，裡頭三顆魚丸。頓時整間病房充滿海鮮的香，旁邊病床的阿伯拉開簾子偷看了一眼。泰山用筷子插了一顆魚丸，幹，好大！他笑。一口咬下，眼睛閉著嚼。

「好吃到爆炸吧？」我自信滿滿。

「你是不是沒加鹽巴？」泰山問。啊！對，我忘了。泰山笑說連他這個化療的病人都吃得出來，我的廚藝真的要加強。

「這是幹幹鰱做的魚丸喔，我自己搓的。有鮮吧？」泰山狂點頭。這爛魚還可以這樣煮，算你厲害，泰山說。

「出院後再約釣。」這句是我對泰山的關心，講得有點不好意思。泰山笑了，我覺得心頭癢癢的，便匆匆離去。

幾天後泰山回來，整個人又瘦一圈，頭髮沒了，整天戴著漁夫帽，看起來有點潮。

「你誰啊？新來的老師嗎？」我過去拍了他的肩膀，沒什麼肉。

「靠北，別亂。」

下午我們又蹺班去釣。東君樓後方，要翻牆時泰山腳使不上力，全身在抖。

「弱耶，來啦，我揹你。」

我把泰山揹起，太輕了，這重量應該快可以飛了吧？非常緩慢地翻過牆，我好人做到底啦，繼續揹著他穿越菜園。

泰山隨手摘了一顆社區阿嬤種的番茄，往我嘴裡塞，甜嗎？

「沒味道。」我吐了出來，笑著說。

那天運氣不錯，上游的工廠也沒排廢水。紅槽兩隻，溝呆一尾，幹幹鰱一大堆。其中一隻海鰱鉤子吞很深，泰山說這隻比較淫蕩，整根含到底的。

「這隻放生也沒用，會死。」泰山說幹幹鰱很脆弱，雖然難吃又愛搞事，但這種吞鉤的，鉤子拔出來血會狂噴，穩死。還是切一切給學校裡的貓吃？我問。

「我有更好的點子。」泰山露出個陰險的笑。

我們來到北辰樓旁的停車棚，手上有魚，一路上校貓緊跟著，下次再給你們啦！乖。最靠近電梯的身障停車格，停著一台白色BMW休旅，擋風玻璃並沒有身障車證。

「應該知道是誰的車吧？」還用說？一定是那個垃圾校長，你老爸啦。

我們靠了上去，副座的窗戶留了一點縫，往裡頭看去，後座狗籠裡一隻吉娃娃蹲在角落。

「上次被我教訓過就不敢再養陽台了，放這裡。」

「喂喂喂，你不要給我在這裡行刑喔。」我怕泰山又掏槍。

「沒啦，我介紹朋友給牠。」泰山把海鰱從窗子放進去，手在那邊晃呀晃的。狗狗，乖狗狗，外星狗，介紹你一個好朋友。吉娃娃開始吠，尾巴甩呀甩。

海鰱在玻璃上留下黏液和血水，有些還沾在米色的皮椅上。

「你們要好好相處喔。」泰山把海鰱拋到後座的狗籠旁，吉娃娃靠上前聞了一下，一口咬下。

「愛吃魚的狗，看過嗎？跟他老爸一樣。」泰山道。

「你在說你還是校長？」

「你說嘞？」

那晚泰山又住院了，校長飆車把人送去急診。急刀，開了四個多小時，手術完人推進外科加護病房。隔天跑去醫院，加護病房一天只開兩個時段給人探病，我抓緊時間進去。

「泰山。」我站在寫著他名字的病床邊喊他，但我懷疑床上躺的是不是他。床上這人下半身被繃帶包得緊緊的，插著管。整個人彷彿被抽乾了，皺縮了起來。

打了嗎啡，他現在意識比較飄。主治來到床邊。朋友？嗯嗯，我是他學校的同事。

主治向我解釋泰山的疾病，他們推測泰山因為直腸癌的關係，直腸有廔管形成，裡面積糞久了長細菌，這次開刀就是嚴重的感染發作。壞死性筋膜炎。

我跟醫師說他昨天還好好的，還跟我去釣魚。

「他這個不可能昨天才痛，至少一個禮拜了，他……應該是真的很愛釣魚吧。」

「嗯，超愛釣。」

我看著泰山，想像著他忍耐著巨大的疼痛陪我去釣魚，覺得自己很低能，什麼都沒注意到。

我們要準備換藥了，醫師說。你要不要迴避一下？我說不用。畫面會很驚恐喔。我說，不用。我走到泰山身邊，握緊他的手。

醫師和護理師開始把繃帶繞開，一層又一層地卸下，我沒想到繃帶那麼厚，裡面到底還剩什麼？還有肉嗎？有人嗎？

越內層的繃帶越黃，吸飽了組織液，掉到地板的聲音比較沉。

泰山的眼睛突然瞪得好大，爬滿蜘蛛網狀的血絲。他插著管沒辦法發出聲音，但眼神裡滿是吶喊。

嗎啡我們已經催到緊繃了，再下去會呼吸抑制。但這狀況他可能還是會有感覺的。醫師補充。

一股腥氣湧出，混和了腐敗、尿、屎和血的氣息。泰山的腹股溝、腿內側的肉被削走了大半，像是挖山洞一般，被掏空了。仔細一看還能看見大腿骨的形狀。生殖器不見了，只垂掛著兩顆乳白的卵狀物。其他，都是血肉模糊的。

他的蛋？我問。對，蛋皮被細菌吃掉了。

「這是感染？沒辦法用抗生素去打嗎？」

「細菌已經吃進肉裡，肉都爛了，只能進去把爛肉挖出來，防止細菌吃更深。」

「怎麼挖？」感覺我問了個不該問的問題。

「用金屬勺進去挖，放心，有麻醉的。」

我心裡想，就像挖冰淇淋一樣？我頭皮發麻。

醫師說泰山昨晚送進來後馬上就推進刀房了，他們拿著像是挖冰淇淋的勺子，不斷地刮，把腐敗的肉刮下，挖了一整桶的爛肉。挖了整晚，整個外科值班的人都來輪流上，一早每個都貼上痠痛藥布，到復健科去報到。

「蕭老師，抱歉讓你跑一趟。」校長不知道從哪裡冒出來。

醫生說如果要延長泰山的命，可能要先考慮截肢，如果敗血症那就完蛋了。總之，現在看起來不太樂觀。

對於截肢的位置校長有些自己的「想法」。

醫師說根據泰山這樣的狀況，按標準是要ＡＫ，Above Knee，膝上截肢。校長想爭取ＢＫ，below knee，保住膝蓋。他們兩人的手刀不斷在泰山的腳上游移。這裡？不行，要膝蓋以上。這裡？不行，沒人膝蓋切一半的。那就這裡，這裡。不能再上去了！我拜託你！

我跟校長說，還是尊重專業吧？他一愣一愣地，不知道有沒有聽進去。

會客時間結束，與校長走到醫院外頭，跨過禁菸區外校長馬上點菸，一旁的花台上整排穿病服掛點滴的也在抽。我在心裡盤算要說些什麼，說些安慰的？說些鼓勵的？但感覺那些話由我說出口很假，很虛。想了半天，最後擠出一句話。

「中午吃什麼？」

車過南勢角，校長把車駛進中和國中的停車場，說那的校長他熟。晃進華興街的時候已經一點多了。

「這叫緬甸街，來過嗎？」

我根本不知道中和有這樣一條街，整條路瀰漫著魚露和烤餅的香氣，好餓。

校長走進一間小吃店，點了兩碗魚湯麵、緬甸酸奶，我們低頭狂嗑，享受被椰奶和香料轟炸味蕾的快感。校長說這間是泰山的最愛。校長跟店長要了一點魚露，沒問我意見就逕自加了一大坨在我碗裡，說越腥，越香。

我跟校長說這魚露搞不好是用海鰱下去做的，他笑了笑沒看我。泰山告訴我的，我補充。

「如果我們三個能一起去釣魚，多好？」不知為何，覺得這句是校長講過最真誠的一句話。

隔了一個禮拜泰山打給我，又是學校專線。他麻煩我盯一下排球隊那些妹妹。那時他已經雙腳截肢，ＡＫ，轉安寧，只有在嗎啡藥效退去的片刻能清醒個幾個小時。他說那些排球妹妹很愛哭，不要告訴她們截肢的事。

「蛋和蛋皮的事講不講？」

「最好也不要。」

「醫生建議再用化療藥去拚，我說我不要，累死。」啊你不是說把心事講出來沒屁用？我回嗆。他說，好像也是。笑了。聲音好小好小，泰山講話像是一陣微風吹來，話筒壓得耳朵都麻了。

「啊對，蕭胖。我那艘泡棉船，你有空就拿去玩玩，可以開去音樂祭啊，在海上看煙火，哈。我的ＢＢ槍、偷跑竿都放在體育組的鐵櫃裡，送你……」

「幹你娘陳泰山，你給我自己好起來，從醫院自己過來拿，不要講那些。操！」講完這句才發現整個辦公室的人都在看我。

我提早下班，七、八節把出題光碟抓的題目印一印給小老師，叫他們練習，寫完自己檢討，便溜出教室。

我從冰箱裡拿出團購的冰淇淋泡芙爬到頂樓。

海口的風景展開在眼前，遠方的海面排列著等待入港的貨輪，一些保麗龍和竹竿的漂流垃圾隨著海流拍打著岩岸。再過來是防風林、媽祖廟。廟口幾個穿著我們學校制服的學生，蹲在改裝機車旁抽菸。

泰山曾說，海鰱會追逐魚苗，一直從外海，追到河口再逆流而上，一直追、一直追，有釣友說在陽明山的溪溝裡看過海鰱。少數海鰱會留在河裡，沒了群體的勢，那時牠就變成一隻孤單的海鰱，不再凶猛掠食，有些甚至會開始吃素。

等待，等下一次海鰱群來，再一起回到大海。

嗯？什麼怪味？我以為冰淇淋泡芙壞了。

低頭往樓下一看，整條河都是死魚。

河變成粉紅色的，死亡芭比粉，今天排放的廢水是草莓口味的啊？一尾尾發白浮脹的魚屍漂向河口，像是下班時匯入匝道的車流，像是盛大遊行的隊伍。

一大群水鳥飛來，白鷺、夜鷺、鶺鴒，全來啄食魚屍，小尾的一口吞下，大隻的撕開腐肉。

真是生態浩劫，這些鳥回去大概死一半。慘。

醺得眼睛快睜不開了。

好痛苦，我感覺內心有什麼被掏空了，被啄食、被冰冷的勺子挖，潮水反漲，湧入。

太痛苦了，所以乾脆閉上眼睛吧。

電話來，我還沒到醫院泰山就死了。

公祭當日。靈堂我進去晃了一圈就受不了了。我說服自己，泰山就會跟我說：「裡面無聊死，一堆人哭哭啼啼的，有什麼好來的？」我在新北殯儀館外的全家買了杯冰拿鐵，玩了一下午的手遊。總覺得後面有誰在看著我玩，想說大概是什麼屁孩就沒回頭。

這段時間，我看著同一位法師帶著不同的家屬過馬路三次，兩台車被紅線拖吊，還有一位想甩尾衝上新海橋的瘦皮猴摔車，安全帽噴到對向車道。

玩到手機快沒電，站起來剛好看見校長走出來。我趕快取了寄杯的咖啡小跑過馬路。校長見到我沒說話，輕點了個頭。我感到褲管一陣溫濕，低頭看見吉娃娃靠著我的小腿發抖。

「會哭的狗，看過嗎？」校長說。我擠不出半滴眼淚，狗都比我有感情。

搭了校長的ＢＭＷ回學校。回程的路上校長告訴我一個祕密，他說，泰山會希望我知道。

「還記得那個死掉的偷渡客嗎？」校長問。

「被箱型水母幹掉的？」

「對，那天整個海灘上，有七具。」

校長說，被箱型水母招呼過的皮膚會留下如鞭打般長長的痕跡，傷口泡水浮腫發紫，潰爛流膿。每具屍體都滲出紅色的組織液，讓原本沙岸的紅，更加濃郁。男男女女，每個看起來年紀都不超過三十歲。偷渡的漁船不敢靠岸，遠遠就把人踢下船，偷渡客不知道是淹死還是毒死。

天還未亮，傭兵們將偷渡客的大體裝進屍袋，再晚些，賊鷗和澳洲喜鵲會來啄食，紅樹林中還有鹹水鱷在等著。

其實北領地的傭兵們早已接獲通知——海的另一邊，孟緬邊境發生軍事衝突，二十多萬名羅興亞人失去家園。武裝行動名為「清潔美麗國家行動」，軍政府認為沒有這些外人的國家，才是美麗的。難民跨越邊境尋求庇護，有些留在孟加拉，有些則逃得更遠一些。數百名美麗的少男少女正乘著拼裝船，趁著夜色，跨越赤道。

夜裡，士兵們朝近海的晚空發射曳光彈，紅光均勻地灑在沙灘上，讓沙灘的紅更加飽和，遠看，如煙火。海岸上偷渡客的影子被拉得好長好長，影子延伸進海岸林裡。傭兵們開火警示，但他們兩方都心知肚明，這虛張聲勢的子彈，聲壓，是不足以驅逐的。因為背面，海的另一端，才是真正的地獄。

屍體處理完畢，準備收隊。年輕的校長注意到海欖雌的氣生根中卡著一些漂浮垃圾，一個紅色的塑膠桶子裡有一隻髒髒的小手。

「不會吧？」我倒抽一口氣。

「嗯，他好像在跟我招手。」校長向我搖了搖手，眼中淚水在打轉。

小男孩，眼睛閉著，在垃圾桶中睡著了。原住民們放下槍枝，拾起紅沙畫在男孩的額頭。男孩笑，如一朵盛開的風蠟花。

按標準程序，逮捕的偷渡客必須上報，安排庇護。稍加打聽，由於現在大量的難民潮湧現，現在上岸的非法移民大多安排進入澳屬聖誕島的拘留中心安置。這群年輕的傭兵們一致認為，拘留所和坐牢沒兩樣，便決議將這個祕密藏在尤加利樹林的深處。

那一晚，在這荒蕪的紅土大地上，產生了八位父親。

一九九〇年春天，北領地的傭兵團後撤，改由志願役的士兵補上，礦業衰退，海岸也不再血紅。這八位父親面臨了重大決定。

「就是要把他帶回台灣？還是留在當地。」校長把一張照片塞到我眼前，照片上站著七位皮膚黑到發光的士兵和一位戴著黑色粗框眼鏡的亞裔男子。後方是一望無際的礫漠。

我們回到校長室，空氣裡有二手菸的悶，燈沒開，午後赤紅的夕照灑進房內。

「他們就說，讓大海決定吧，你來釣，如果拉回來是炸彈魚，孩子就留下；上鉤的是海鰱，那就帶他回去，去那個你說也有海鰱的故鄉。」

「那你釣到了什麼？」我問。

「你說呢？」

我再一次翻過東君樓後方的牆，帶著蹺班竿，經過菜園，來到橋下。不知道前些日子那些死魚都到哪了？河裡，還有活的嗎？

乾潮反漲，流水到，海風也來，鹹的空氣。

線組綁得特別久，傍晚天色漸暗，往河口望去，一顆星在深紫色的晚空上閃。

我拋出一竿、又一竿，路亞擬餌在水中游出漂亮的泳姿。我搜尋了各個泳層，水表、河底、岸邊都沒有動靜。橋上的下班車流湧現，路燈亮起，橋的間隙咖咖咖響個不停，草裡的蟲鳴，細細的水聲。不知道哪裡飄出煎魚的味道。

日光消逝，我把靠光反射吸引魚注意的 spoon 換成夜光的針尾軟蟲。一樣，沒有咬訊。

應該沒魚了吧？工廠的廢水果然很猛。我決定這竿收回來沒魚就回家。我想起泰山曾說魚群如果有進來，水面會有追捕獵食的魚花，今天河面很安靜，只有風輕輕拂過的淺浪。

我想起泰山曾說，這時候你只能釣孤的，迷路的。這種魚咬餌很刁，難騙，花花咬。如果真有來，這魚應該是來跟你玩的。

我想起泰山曾說，下輩子要當一隻自由的海鰱。

咻——蹦！咻——蹦！突然身後的夜空炸響。

我回頭，看見漫天的煙火。啊，河口的音樂祭開始了。

此刻竿頭點了下去，捲線器開始響，滋滋滋滋滋。

線杯在手中轉，我的思緒也隨之轉動。河水被煙火染成扭曲的七彩琉璃色。

線還在走，我還沒有要收，讓魚跑跑，玩一下。

是海鰱嗎？

淚水不知為何湧出。

再等一等。

讓線再走一下。

第八站

大安

小木屋

「很美吧？」我把照片拿給Bill看。

相片裡小木屋的屋頂擱著一具野獸的顱骨，不遠的山林間駛出一艘海盜船，彷彿能聽見槳聲，撥動樹梢，一次又一次地波動我內心的平靜。船帆盛滿月光，極具誘惑卻同時潔白的光暈使照片這端的我，顯得渺小而單薄。

「富士綠。」我把照片拿給系上攝影玩最凶的Bill看。把照片放在齊目的位置，他用指尖輕壓著相紙邊緣的白框，小心翼翼地端倪，像是欣賞一對蝶翅。

桌燈下，照片蒙上一層淡綠的紗，彷彿湖水上的霧。

「富士綠、柯達黃、Konica藍。」Bill解釋問題的方式總讓我產生更多疑惑。

我和Bill的相遇，是大一的普化實驗，穿著迎新系服和紫色高中運動長褲的他，向我解釋這堂課會用到濃硝酸，他要偷偷用一硝三鹽這個黃金比例製作出王水，然後把前女友送的項鍊溶解。我們看著廉價的金屬飾品緩慢地化成鐵屑，奔騰的煙霧被抽風櫃帶走，Bill說，希望情傷也是。

二〇一一初夏，大一的暑假，本應甜美而飽滿，盆地周圍山系長出一朵朵蕈菇狀的積雨雲，伴隨蟬聲催促著青春的悸動。然而期末考低空飛過的戰術卻意外撞山，導致我們滯留在校園裡，不甘願地翻開原本不需再見的微積分（一），希望能在暑假的光陰中長成一個有用的東西。

「你再看這張照片的寬容度。」Bill把指尖由照片的暗部滑到亮部，從獸骨的眼窩到明亮的船帆，指引出細節豐富的色彩表現。

「寬容度？你的意思是——底片拍的？」啊，「寬容」，多麼優雅而古老的詞彙我心想，但願他可以常伴底片這細緻美麗的工藝身邊。

「嘿對，而且這張照片應該是負片掃描後洗出的，模具有保留齒孔的影像，你看，這裡有寫啊，富士120中片幅的軟片嘛。比例……看起來是比正方形再寬一些，但還沒到三：四，可能是賓德67、或是mamiya Rb67拍的。」一正一反，Bill兩手的拇指與食指交疊出一個鏡框。

「你說這張照片被釘在公布欄？」Bill轉過身，把鏡框對焦在我茫然的臉上。

昨晚午夜的飢餓襲來，我鼓起了勇氣，游進男宿走廊混雜著鞋臭與烘衣味的熱浪，投奔便利商店的綠洲。而就在這趟悶熱的宵夜旅程中，我瞧見這張照片被人用大頭針釘在公布欄上。暑假開始前，公布欄上過期的之夜海報、世紀帝國2約戰帖、單身徵友文都會被宿舍管理幹部撤下，因此照片在夜深無人交誼廳的公布欄上顯得格外孤獨。

「有意思。」Bill坐回電腦椅上，指尖輕敲著鍵盤，看著用空白鍵立起的相片。我看見Bill臉上浮起一抹淺淺的微笑，那個我曾經在盛著王水的燒杯瓶上見到的笑靨，透露著準備一頭栽進project中的覺悟。

「project」Bill的定義是：每段時間，他所有精神與思考的語言、課題、遊戲。有時候是很明確的目標，例如：那回用王水溶解項鍊、或是製作一艘能發射沖天炮的遙控潛水艇；有時候是更形而上的概念，例如：如何將「快樂」定量。在我眼中，project就是讓Bill視課業如浮雲，心甘情願讓微積分被當的緣由。

「我想我們的第一道線索在這。」我指向照片，那像是一根細長魚刺插在照片的邊界、決定性的關鍵——台北一〇一大樓，在黯淡的葉縫之中，像是遙遠銀河的裂隙。我們展開了台北市的地圖，大致確認相片應該是由一〇一的東南側拍攝，PTT上攝影版的大神們表示，這是拍攝跨年煙火最佳的角度。

我們約好隔天早上八點在男一宿舍的門口集合，要繼續去尋找照片的線索。但一直到八點半Bill還沒出現，手機也沒接，我索性去早餐店點了個蛋餅和咖啡。享用早餐的同時我又一次拿出照片來看，木屋、獸骨、海盜船，這張照片每一次看都讓我深深著迷，一股無形的力量把我往裡頭拉去。

「到哪裡混了啦？」九點二十分，Bill姍姍來遲，穿著一件洗到褪色的鵝黃色T恤、外頭罩著一件oversize的獵裝外套、白長襪短褲，一副欠扁的模樣。

「我去搞了一台這個啦。」他從背包掏出了一台相機和幾卷底片，神祕兮兮地笑著，毫無悔意。

那是一台很有分量的相機，大概有我學期末拿去茉莉二手書店賣的幾本原文書那麼重。機身烤黑、邊角處的露銅暗示著它的年紀。一旁裝有胡桃木色的手把，握起來有股順暢的機械扎實感，能有效率地把相機的重心轉換。機頂的五菱鏡觀景窗印有Asahi Pentax銀白字樣，右側還有粗體的六、七二字。

「一早跑去跟環境組的學長借的啦，別用壞了喔，你賠不起。」

有時不得不佩服Bill，認真要搞project的時候，他總能向全世界借到他需要的工具，而且大家都會被他的熱情感召，雙手奉上。不論是電鑽、測距儀、滴定管、這次的Pentax 67（賓德67），都能輕易搞到手。

我們跳上Bill的山葉愛將150，腋下夾著一台67，口袋中一張照片，冒險正式啟航。機車輪胎捲起雨後長興街上阿勃勒的花瓣，我們彷彿是乘著金色的浪花，無懼的海盜。

我們不斷地拿出相片對照一〇一的大小和角度，我們幾乎是把一〇一當作圓規的針，機車是筆，Google地圖路徑顯示我們正在編織出一幅台北的圓形圖騰。在這座多河之城，我們急馳過一座座的橋梁，我在後座以六比七的比例框住風景，機車道望過去是另一座橋、橋上的車、橋、車、橋……最後是遠方的群山。我有時會看著Bill脖子後方顱枕下的淺凹，想像著城市裡的人們不斷不斷地縮小，然後在這樣的凹窩之中繞著。「You are missing the big picture.」我想起Bill跟我說的那句——他號稱去駕訓班從教練聽來的幹話。而照後鏡裡的天空遙遠而遼闊，夏天夠長，我們的project才剛剛開始。

我們找尋了四獸山山系，由北往南搜尋到拇指山，再由糶米古道連接到國道三號附近的中埔山、富陽公園、福州山。走進市郊的登山步道，不斷捕捉林隙中都市的身影。我同時也把照片拿去給系上生物組的植辨高手鑑定。學姊表示，裡面有拍到：血桐、香楠、紅楠、樹杞、構樹、九節木、山棕。直覺告訴我們，這些可能是找到目標的關鍵。

一場雷陣雨通過後的下午，我們來到了福州山公園，這是我們郊山探險的第N站。登山口樹蔭鬱閉，雨後更是濕氣厚重，沿著濕漉的坡緩上，偶爾可以聽見五色鳥的聲音。我們反射性地回首眺望一〇一的位置，這次角度很好，應該不遠了。靠著照片比對，我們拐進了一條尚未完工的步道，一旁的路燈座上還未安上燈具，作為行道樹的烏心石稚嫩的模樣，一看就知道是新栽不久的，有些彎扭地在路邊低著頭。沿路遇見的山友告知了我們此路不通，據說是公園管理處的經費還沒下來，但我們還是繼續向前一探究竟。走了近二十分鐘，最終柏油路停在一面石牆前，石牆約三公尺高，石縫中長了一些牛筋草，牆上有一名少年背影的噴漆，黑白的，邊緣霧化處理，彷彿真的是溶進了石頭中。少年孤獨地站在死路的盡頭，湊上前一看，塗鴉下方寫有鮮紅細字：「六七」。一見到這兩字暗號，我們篤定這一定是攝影者留給我們的某種提示。

石牆後有一獸徑，路跡難辨，但有了暗號的鼓舞，我們走得還算踏實。一路上藤攀葛繞、泥濘難行，坡度也不是剛才那種健行等級的。沒預料到會要走這麼崎嶇的路，我倆球鞋和雙手沾滿泥巴。昨夜台北下了雨，此處比起城裡的那些窄巷更加陰濕。林相開始變化，植物不再是政府規畫的行道樹種，而是更蠻橫、更原始的傢伙。樹層以堆疊的方式生長，搶食著珍貴的陽光和雨水，看似安靜的叢林裡其實是一場無聲的戰爭。我們開始注意到學姊講的一些植物：葉片搓揉後出現類似電線走火焦臭味的香楠、葉形如掌的血桐、枝條柔韌的九節木……鳥獸的身影也開始出現，一會兒竄出探頭，隨即又消失在叢林的深處，留下短促的殘響或一根抖動的枝條。

繞過一叢特別茂密的山棕之後，林相頓時開闊了起來，陽光慷慨地灑落。但光線並未降落在小木屋上，而是一片荒蕪的林地。這無疑是應許之地，因為樹木的位置跟照片上如出一轍，畫面中間的血桐、右側的九節木、左側也有一顆營養不良的構樹……然而木屋卻不見蹤影，更別提獸骨和海盜船了。問題的盡頭是更多的問題；死路的後方是另一次的失望。

「一〇一也看不到啊，被那棵血桐擋住了吧？」Bill把背包往地上一放，拿出了67過片，準備拍照。由於此地位於一陡坡的頂端，台北市的景色在眼前展開，但一旁的血桐卻恰巧遮蔽了一〇一的視野。

「小木屋也沒有，拆掉了？」我蹲踞在一叢姑婆芋旁，全身濕透，彷彿淋了一場大雨。我拿出水壺豪飲，叢林中的濕與熱自古就是大自然抵禦人類的武器呀。良久，我們沒有對話，任憑兩顆炙熱的心臟相互撞擊，期待能擦出一些花火，一些靈感。

「或許……」Bill渺目煙視，把鏡頭面向空蕩的林地，轉動對焦環，葉片上的日光彷彿隨之柔化。

「或許，小木屋還沒被蓋起。」我還來不及回嗆他是在耍什麼帥，他就抓緊那個空檔把台詞念出來。Bill臉側著，彷彿欲避開我的視線，或許是想給彼此一點空間來消化這句話的意義。

「照片怎麼可能從未來飛回來？你有聽我講話嗎？一定是木屋被拆掉了，不然就根本不是這裡，我們先搞清楚狀況吧？」必須承認，我有些煩躁，但Bill講話常讓我覺得他站在高處，讓在下風處竭力嘶吼的我，顯得平庸而嘮叨。

「你要繼續找也可以，你自己去。但剛剛牆上的暗號，還有這裡整體的氛圍……」Bill兩手一攤，彷彿揭幕馬戲團開演的男爵。「如果你還有一點感受力，你應該就能明白，不用再浪費時間了。」Bill這一番說詞讓我感到他好像知道些什麼，但就是故意不講明白，我們好像在拼一張他已經玩過的拼圖。

我跟Bill說我懶得跟他吵，只是跟他強調：「我們事實上就是沒有看到木屋」這件事。Bill這時才露出一點笑容，一手搭在我的肩上，喜孜孜地說：「那我們來蓋啊。」

「喀擦！」Pentax67清脆飽滿的快門聲響徹林間，銀鹽與此刻的風景撞擊，在底片室裡無聲地爆炸，攔截時間的窗口。

「你再說一次這個叫什麼？」三天後，我和Bill拖著厚實的木椿沿著福州山公園的步道緩慢前行。

「木橫擔啦！以前電線杆最頂的那根木頭。」Bill氣喘吁吁地回應。

我們用肩膀扛著木橫擔，兩手環扣，「有電勿近」的字樣在我視野的邊界隨著蹣跚步伐晃動著。這木頭是真的扎實，長約一米半，兩個拳頭寬，防蛀、防腐又絕緣，卻一直堆在林二館的角落，未受重用。我們決定把這些厚重的木料「借用」作為木屋的地基和主要支柱。兩天前跟工友借了推車，連夜從林二館把木頭運到登山口公布欄後方，用藍白帆布蓋著。我們計畫一天一根，把這些木材運到林間的建地。

「欸，Bill！」我轉頭喊了一聲。

「我們像不像扛著十字架準備赴死受難的彌賽亞？」

「我覺得比較像旁邊的強盜。」Bill微笑回答，讓笑容抵銷了一點點的疲憊。

偶爾我們會遇見山友，他們總會好奇兩個年輕小夥子搬著木樁在幹麼。「趁颱風來之前要把山頂的涼亭整修啦！」Bill總能掛上長輩喜愛的天真笑容回應，且毫不費功夫地撒謊。

實際上呢，自己關於蓋房子的經驗，最後一次是小時候用椅子、紙箱、棉被在爸媽床上蓋的。Bill則表示他至少有跟他舅舅去搭過鷹架，也看了一些書，也就以此為由，開了一個書單要我去惡補一下蓋屋的知識。

我拿著書單去了師大的水準書局、政大書城、校門口的胡思書店，好不容易才湊齊我的暑假作業。我們會把書帶上山看，木屋還沒蓋好之前，我們會點起蚊香，坐在血桐的樹蔭下讀書。

這段時間，我們也頻繁拜訪山腳下的五金行，走進五金行有種兒時踏入玩具店的感受，每個工具都想要把玩一下。大致上來回買了幾次矽利康、護木油、藍白帆布、PVC水管、鐵釘……等各式工具。我們買到跟老闆熟識了，每次拜訪都寒暄個幾句。一回結帳把我們攔住，看來是忍不住好奇，問我們到底在搞什麼工程。Bill上半身越過櫃台，手輕放在老闆的耳邊，神祕兮兮地呢喃：「這是我們的project，我們在蓋海盜船喔！」

木屋的計畫如火如荼地展開，Bill表示他畫畫不在行，拜託我畫個設計圖出來。我嘴上說著麻煩，心裡其實挺開心有我可以貢獻的地方，更是暗地竊喜Bill也有不如我之處。我用Sketchup拉了一個3D物件，再用實地拍攝的照片把預覽圖生了出來，最後還非常沒有必要地加上了光影追蹤。

考慮到資源、經費有限，木屋的設計力求精簡。木屋預計占地接近三坪，大概是一頂六到八人帳的大小，由八枝木橫擔作為梁柱，上方和四面打算用竹、隔熱板、木板作的三層結構為牆壁，每塊木板都會刷上厚厚的護木油。屋頂則是用ＰＶＣ管和竹子撐起，中間有留個小天窗，但願夜裡能看到星星。底層我們要做兩道的防潮，其中一層的填充物要奢侈地鋪上實驗室刨木用剩的檜木屑。然後重頭戲在木屋的正面——擁抱台北全景的落地窗，光是要運上來就應該要搞至少兩天，然後再把窗框安上，做好防水，裝上玻璃。

那時我們幾乎每天上山，暑假只回了高雄老家一個禮拜，其餘時間都耗在山上。大二開學的那天，我們細數了暑假原本預計完成卻沒成功的事：小木屋的落地窗、小木屋的地板、山路的修整、Bill派給我的暑假作業、微積分的暑修。

Bill以一張照片作為暑假的底牌——一張我扛著木橫擔在叢林中對鏡頭比中指的照片。Bill用柯達的正片拍的，再請相館以負沖的方式顯影（cross processing），看起來沖擊力很強、顏色大膽。

開學之後，我們小木屋的傳奇成為茶餘飯後的佳話，大家見面都會問一句：唷，木屋蓋得如何啦？還行還行，我們有默契地在木屋蓋成之前，不隨意透露細節。系上一些朋友聽到我們在蓋木屋，紛紛表示想來幫忙。其實我們都知道，大部分是一些剛開學太無聊、來看熱鬧的傢伙，所以我們訂定了來木屋的條件：搬一根木槓擔到建地，而這就足以使多數人打退堂鼓了。

我和Bill在大一時都是低調的人，系上的活動極少參與，課也是要上不上，系上的人我們能叫出名子的，大概加起來不到十位。但木屋讓我們一夕之間在系上成為無人不曉的紅人。

我用小木屋交了一些新朋友。

「Steven他們有在問我，有沒有興趣加入系學會，你覺得我該去嗎？」那天我們在上護木油，我把口罩拉到下巴，問了Bill的意見。

「喔，你對那種學生扮家家酒的事會有興趣？」Bill口氣有些不屑，繼續刷他的木板，沒抬頭看我。

「不是啊Bill，你自己根本沒參與過這種活動，這樣講不客觀吧？也不是說真的要幹什麼大事，有時候一群朋友一起完成任務也是一種學習跟成長啊！」或許我心裡已經有了Bill會反對的念頭，也想好了我自己的說詞。

「我只是覺得這種事情很沒效率，你會花很多時間去經營人際關係，在裡面受傷、挫折，事過境遷你或許會認為你好像更了解人性了，但下次浪來還是倒。要學習成長，可以多一點時間去挑戰一般人做不到的事，去看更壯闊的風景、看有意義的書，宇宙很大、人很小啊。暑假叫你看的那些書你看了沒？一直跟你說『You are missing the big picture.』。人活著是要做一些真的有意義的事。」

「像是？」

「蓋小木屋啊！」Bill連想都沒想，馬上回答。

總覺得身邊的人，包含我自己，都活在光亮的空間，一切有秩序、有原則。大二了，就該籌組系學會、考慮要走什麼組別、安排社團活動。而Bill彷彿打從盤古就生在影子中，禮讚陰翳，在不為人知的邊緣自得其樂。所以每當我從光亮之處離開，我總是可以預期以Bill冷刺的言語，劍指我的思想宇宙。我們都站在月之表面，Bill是散發淡藍色沉穩的光輝，隕石撞擊後的寧靜海。

九月初來了幾場颱風，工程遭到延宕。我們的屋頂一．〇被風雨擊敗，不得不修改設計，我們就地取了九節木柔韌的枝條取代ＰＶＣ水管，如此一來屋頂即使被枝條落葉壓著，也能保有彈性，不致塌陷。

九月中旬木屋前的地基被掏空，我們鋸了許多麻竹將邊坡做加強，也無奈地做出了讓步，把原本Bill期待的庭園造景改成迷你的花圃。我們深知此地是歸屬於山林的，有這麼一小片淨土割捨給我們，已實屬恩典。月底左右我被賦予木屋內裝潢的重任，而Bill則是開始把木屋的路徑整理成較易行走的樣貌。我每天看著Bill帶著圓鍬和開山刀往叢林走去，像是準備迎戰的士兵。

十月初，小木屋終於正式完工。木屋內有一張矮桌、兩張國小木椅、睡墊、睡袋、三本色情漫畫、柴油燈，這些東西都是Bill發揮驚人的能力，去不知道哪裡免費搞到的。我們蓋完之後，拿出當初那張有海盜船的照片比對，確實有幾分像照片裡的樣貌。

我們準備辦個盛大的新居落成晚宴。當天一早我們就上山，造了座土窯，待火候足夠，把地瓜和烤雞用錫箔紙包著塞進窯中，將土窯踢倒，食物埋在土中燜著。接下來我們分頭進行：我負責搞定烤肉，Bill負責處理「夜景」。

下午我坐在木屋裡醃肉、串肉到一半，就聽見Bill在外面大喊，我趕緊往外衝出去，只見Bill爬到木屋右前方的血桐上對我揮手。這棵血桐大約十米高，卻因樹冠被大量外來種——小花蔓澤蘭的覆蓋，因重量而垂下，彷彿是向人彎腰低頭的姿態。Bill此刻就坐在血桐的後頸，也就是樹幹的彎折處。這不是他第一次坐在那了，早在數月前，小木屋還在建造之時，他就曾上去想幫血桐除蔓，一方面是這顆垂頭恰巧擋住了小木屋與一〇一之間的視野、另一方面是出自Bill的憐憫之心。他說：「大樹不應為外人低頭。」然而這群蔓澤蘭盤根錯節，使血桐深陷其中，結構過於複雜緊密，使枝幹被勒緊、葉子枯萎黃化。搞了好久，血桐還是一直垂頭喪氣，蔓藤依然跋扈。

這次Bill帶上了一隻鋸硬木用的日製夾背鋸，280mm的鋸片在豔陽下閃耀光輝。要開始囉！Bill一聲令下便開始鋸木，等等啊！我衝進木屋把賓德67扛出來。

「拍帥一點唷！」斗大的汗粒由臉上滑下，觀景窗裡的Bill如同騎著一頭巨獸，隨著鋸子進出後頸的節奏，野獸顫抖著。Bill有時會暫停休息，輕輕地告訴野獸：「再撐一下就好，馬上就要解脫了喔。」

鋸子通過樹幹的中線後，方才血桐的顫抖轉變為劇烈的震動，小花蔓澤蘭的紫花不安地蠕動，彷彿是石頭下突然見光的蟲子。

「轟！！！！！」那聲巨響使福州山所有的生靈震驚恐懼。樹幹被鋸通的瞬間，樹冠挾著寄生的藤蔓重重跌落，而連結地面的樹幹猛然豎起，抽拔起大量的塵土。Bill趕緊用熊抱的姿態使勁環抱才免於被彈飛的命運。血桐聳立的那一剎那，鮮紅色的汁液由斷面噴出，這也是人們稱其為「血」桐的原因。堅忍的樹幹由大地中挺立，那彷彿是比背景的一〇一大樓，還要雄偉、還要挺拔的一支火箭。

「你整個人起飛耶！」相機後方的我笑個不停。

「好像死裡復活啊！」Bill還有些精神未定。

正午的台北市上空塗抹著一層熱液，以一〇一為中心向四周湧出。我們坐在木屋中看著文湖線的捷運穿梭在大樓之間，細小的窗格準時地帶走一片片日光。我們慢慢地喝著啤酒，看著都市的結構清楚地展開在眼前。從商辦到高級住宅區、再來到眼前山腳下的老舊社區，都市像是洋蔥，我們是外皮上的兩隻微醺的果蠅。

我們開始討論如果這間木屋要賣，一坪有多少的價值？十萬？二十萬？缺點是有一些，交通不易要打折、沒水沒電大扣分、土地所有權不明……但要說到優點，也是不少喔！首先，走出大門就是萬坪公園、涼爽通風、坐擁百萬級夜景、頂級建材打造！講到這裡就頓時覺得自己好富有，像是經過暴風雨的考驗後終於挖到寶的海盜。

入夜前我們把地瓜與烤雞挖了出來，築起了篝火，開始烤肉。

「你以後如果買房，你屋子裡的燈會裝白熾燈還是暖黃燈？」Bill拿著培根串，朝著夜景比畫。

「能亮就好了吧？把屋子照亮，大家能工作、生活就可以了。」我邊回答邊舔舐著烤雞的雞汁。我的觀念裡，光就是驅走黑暗的力量，知識與文明的箭矢。

「我啊，一定是整棟房子都裝上暖黃燈喔。你看，前面這些公寓的窗子，那些暖色的光是不是有一種很懷念、很幸福、很有故事的感覺？感覺一家人在裡面吃著媽媽燒的一桌好菜，一定有番茄炒蛋的那種。」Bill不知道是不是喝多了？眼神迷茫，倒映著城市流光溢彩的霓虹。

「小木屋裡的煤油燈也是暖黃色的，你要不要住下來啊？」

Bill笑而不語，蚊香和柴火的味道圍繞著我們，這裡有酒、有肉、有朋友、有小木屋，是此刻，整個宇宙中最舒坦的地址。來到木屋之後我才明白疏離感是座讓人沉浸的溫泉，眼前忙碌的城市妥善地運轉著，不論是暖黃的燈還是白的、藍的、綠的，我都不需煩心，只要顧好營火和自己就行了，像是在冷氣房裡看著夏日海岸的攝影集。

飯後我們把垃圾集中收拾完畢。Bill靠在煤油燈旁看起了書，我則拿起了圓鍬，這是我們要去大號的暗示。我拿著手電筒往屋後的林地走去，找了棵看起來需要養分的樹，就開始挖坑。挖了沒多久，圓鍬就碰到個堅硬的物體，本以為是樹根，結果燈一照，發現一具野獸的頭骨正用空洞的眼窩盯著我。我放下圓鍬，把骨頭上的土拍落，小心翼翼地將它出土。獸骨並不是潔白的，是接近牛奶糖的茶褐色，但整體乾淨、沒有皮肉殘留。外觀上最醒目的就是兩隻向後抽出的角，仔細觀察了一下，發現它上顎缺了一兩顆牙、頭骨正中矢狀切面連結如山脊般的隆起，隆起止於原本鼻頭的位置，形成了一個骨性凹窩。

Bill說這應該是雄性山羌的頭顱。這座山系據說有固定的羌群在活動，但牠們生性膽小，遠遠看見人就會逃走了。

我們決定把山羌的頭顱放在屋脊，就像那相片上一樣的位置。那晚我睡在天窗下，在台北市的邊陲，想看到滿天星斗還是過於天真。在山林之中我們並不恐懼，四周都是我們熟悉的夥伴，我們熟知木屋旁每棵樹的位置，也有山羌為我們站哨，而城市也在一旁穩妥地運作著。

我後來也用小木屋認識了一些女孩子。

不是我要說，小木屋真的是跟女孩子聊天的好開頭，完全不會尷尬又有趣的完美主題。這個話題還有個好處，就是一堂下課絕對說不完，因此爭取到共餐、續攤的機會極高。整個暑假等於是在山上健身，再稍稍打扮後，我也有些行情了。最後再畫龍點睛般地，拿Bill孤僻、特殊的個性開一些無傷大雅的玩笑，氣氛總能被我掌握。

一個禮拜後的下午，我跟Bill約好在山上見面。Bill先過去，我則是系學會開會完才上山。

「欸，超扯的！我們那天有一顆地瓜沒拿出來，現在竟然發芽了，你快來看！」我剛繞過那棵大山棕，就見到Bill朝我揮手。

「小心一點，這裡很滑喔。」女孩的小手我輕輕牽起，同時提示她腳步放慢。

「啊！這就是你說的Bill嗎？瘋狂科學家，把前女友項鍊溶掉的那個鴯！」女孩熱情地朝Bill打招呼。

我看見Bill臉上的笑容垮了下來，抿起了嘴，敷衍地點了幾下頭。我向Bill介紹女孩，跟他說女孩無論如何都想來看看我們的曠世巨作，大熱天也不怕蟲咬、路程遙遠。我帶著女孩逛了一圈，告訴她我們的設計巧思、木橫擔的由來、改頭換面的血桐。女孩不斷驚呼，太酷了！讚嘆個不停，而Bill卻一直板著張臉，沒多久就說要去採山筍，跑掉了。

「你就這樣隨便帶人上來？」那晚在男宿外便利商店碰頭，Bill一見到我就怒沖沖地撞了上來。

「對不起啦，下次我叫她搬一根木橫擔上去？」

「你還在給我開玩笑！我問你，你是不是把小木屋當成一個想玩就玩一下、想把妹就拿來利用的東西啊？」Bill雙手拳頭緊握，全身顫抖著。

「我真的搞不懂，小木屋不就是大家開心享受的東西嗎？就你愛把它神聖化，一堆規矩。怎樣？讀幾本村上春樹你就可以對人品頭論足？你就了解人生了？你很懂的話，逢場作戲也不會？我帶女生上去你就不能像個正常人招待客人嗎？」

「你如果真的有去看書，你應該就會知道——蓋小木屋跟你拿去攪和的那些俗事，是多麼地不對等。跟你說啦！全世界搞過系學會的學生搞不好都可以自己成立一個國家了，而親手蓋過木屋的能有幾個？珍惜一下好嗎？」至此，整個便利商店的目光已經全拋向我們了，店員也有些尷尬地站在一旁，等待適當的時機來勸阻。我見事態不妙，拉住Bill的上臂，示意我們先離開。

便利商店旁就是高架道路，疾馳過的夜車將沉默與尷尬稍稍掩蓋，晚風填補我們之間的縫隙。許久，我們沒有對話，街燈審視兩片倔強的影子。

「好啦好啦，我錯、我錯可以了吧？幹，明天一早我們就去買個超猛的大鎖把小木屋鎖起來，直接給它珍惜到爆！只有我們可以進去！然後，沒講就帶別人上去的，要懲罰，OK？」

我可以感受到Bill憤怒的龍息吹動我的瀏海，但在我補上「大鎖由我出錢」這句之後，怒火終於趨緩了。

「媽的，絕對讓你破產。」不知道為何，聽見Bill操髒話有種釋懷的舒暢感。

隔日，我們去了山腳下的那間五金行。一到店裡Bill就選了店裡最貴的鎖，這副八九九元的大鎖，將會是整間木屋最貴的東西，自己守護著自己。

老闆結帳時笑著問：「海盜船還有怕被偷的東西喔？不是都你們去搶別人的寶藏？」我如約定自己掏錢出了鎖的費用。鎖附了兩把鑰匙，我與Bill各一把。將鑰匙親手交給Bill之後，他才終於坦露笑容。

「沒辦法啊，內賊難防。」Bill用手肘頂了我一下。

「在寫什麼？」把鎖給安上後，Bill馬上窩進木屋裡開始寫文章。

蜷縮在國小木椅上的Bill頭也沒抬，隨口回了句：「我們蓋小木屋的故事。」

「喔？那你寫到哪了？」原本躺在地上的我將書丟在一邊，端坐了起來。

「寫到你偷帶女孩子上山然後我氣個半死。」

「哈哈！好喔，那快完結了嗎？我們最後有看到海盜船？」

「快寫完了。」翠綠的細芽由血桐的斷面抽出，午後的樹影將光影柔化，點亮屋內的微塵。

「海盜船唷？故事我寫的，你覺得呢？」Bill給了我個臭屁的表情，由眼鏡的上半賊頭賊腦地望了我一眼。

「你寫這篇要幹麼？賣錢？」我把稿子的第一頁搶了過來。

「寫給所有想蓋山屋的人看吧？這是project的一環。也許會投稿，可能會出現在某縣市的文學獎、某本小說裡、或是哪都不去，成為偉大知識宇宙的一顆山羌大便，化為營養。」

我看著稿子上簡略的標題，笑道：「你標題幹麼不取〈森林裡的海盜船〉之類的，酷多了。」

「小木屋才是最重要的喔！You are missing the big picture, brother.」

Bill要我別吵他，再給他一點時間，故事就要完成了。我走到屋外，在血桐樹下看書。

入夜前，我回到木屋，門是鎖著的。我敲了敲門，故事寫完了嗎？Bill從裡面走出，一手拿著整理好的稿件，一手拿著賓德67，臉上帶著微笑。

「我們的project快結束了。」Bill將稿件交給我，要我在包包裡收好。又把相機掛在我的脖子上，告訴我裡面已經裝好「富士」的底片了。

「很開心能跟你一起蓋木屋。」語畢，Bill將他的鑰匙也給我後，便轉身往林子走去。

「等一下啦，你在幹麼？要去哪裡？」我對著背影激動大喊。剛入夜的福州山通常是滿山蛙鳴，今夜卻意外地噤聲，我的吶喊聲迴盪在林間。林間吹著風，吹動血桐的新葉、吹動Bill的襯衫。我抬頭看見近乎完美的圓，月明星稀。

「我啊，要去完成project的最後一個步驟。」Bill手指向天際。

「我要去把海盜船給開出來。」

後記

水泥、鐵皮、髒髒的樹

我很喜歡騎車。讀醫學系的時候，因為成績太爛的緣故，每個暑假都在暑修。常常需要在不同的城市裡住上一兩個月，就乾脆把機車騎過去。

所以那幾年我常常騎車走台一線南來北往，如果從我高雄五甲老家出發往北，沿途的風景我會用「水泥、鐵皮、髒髒的樹」來形容。

水泥是那些灰色的橋墩、沒有號誌的涵洞。

鐵皮是那些水塔、工程的鐵牆、廢棄的檳榔攤。

髒髒的樹是因為砂石車揚起的塵，落在構樹、血桐、苦楝上。

這本小說如果有個背景，我想也是這些，沒什麼養分，稱不上什麼了不起的日常。

大學代步的山葉新風光報廢後，我換了一台檔車，是二手的KYMCO QUANNON 150（光陽酷龍）街車版。在此，先容我說明一下車界的鄙視鏈，光陽酷龍在車友口中，是一台「騎帥不騎快」的破車。車子重、電系問題一堆、騎姿三角也很奇怪。基本上是一台被酸到爆的爛車，但它是第一台我自己選的車，我很愛它。

我還清楚記得，騎上檔車後，那準備出發展開一場公路冒險的興奮感。

本書是由南而北的公路小說，裡面多數內容是我在機車上、火車上想到的。在移動的空間中，先想到故事發亮有趣的細節，最後才去思考說，這到底是哪裡發生的故事。這些故事沒什麼企圖，也沒有要傳達什麼偉大的思想價值，我僅僅是聽見角色在我內心的吶喊，我盡力用小說的筆法，將他們從虛無拽拉到紙本上罷了。所以，故事中的Bill、土虱、女帝、鈺威都是說他們想說的，我並沒有設限什麼。

親愛的讀者，我想說的是，我書寫的時候也是第一次遇見這些有趣的人們，他們成為我的朋友，希望讀完此書，你也可以跟他們做朋友，寂寞的時候可以回來找他們。

我動筆時的信念，除了真實呈現那個世界觀下的狀態，我也很重視跟各位讀者的契約，那有趣故事的信用。

如果你讀完覺得有趣、很爽，那就對了，希望這些故事能陪你度過一段時光；若你讀完覺得莫名其妙，很想罵一下作者，那我也想跟你道歉，我會繼續努力寫更多有趣的故事，希望有緣能在文字裡相會。

五甲的夏天能幹麼？除了寫／讀小說之外，我喜歡去橋底下釣魚。

騎著酷龍，帶上偷跑竿，去尋一些釣點。這些釣點很多是在快速道路、高速公路下方的大排水溝，平時上班上課經過時，記錄在Google Map上的。

二〇二二年七月，疫情仍嚴峻的時候，我來到楠梓的一處橋墩下方釣魚。頭上是高速公路，另一頭是鐵道，河流從鐵道下的渠道流出。週間午後稀疏的車流通過，伸縮縫不時傳來車輛通過的匡噹聲，聲音迴盪在這個水泥、淤泥、雜草構成的悶熱空間裡。一股彆扭的疏離感籠罩著我，讓我頓時覺得世界好大，拋出的擬餌像是探向未知宇宙的衛星。我覺得這一切是有意義的，即便眼前的一切都充滿灰塵，髒髒的橋墩、髒髒的樹、髒髒的河，我偷偷摘下口罩，讓這腥臭提醒著我還活著；活著，就有故事。我想寫一些髒髒的故事。

在這城市邊陲的目標魚種，通常是泰國鱧，一種凶猛的掠食性外來種。我會準備可以藏鉤（防止掛草）的雷蛙假餌，擬裝青蛙划水的泳姿，去騙水草中的魚衝出來攻擊。

一整個下午，聽著Podcast，就釣魚。

釣魚跟騎車一樣，就是一個可以想東想西的時刻，我最常思考的就是，我幹這些事到底有什麼意義？我總是會從很久以前，一路鞭打自己到現在的此時此刻。二〇〇九年從鳳中畢業，上了台大森林系，肄業，台大的三年裡在近郊的山裡蓋了一棟小木屋，也發現了我對文學的熱愛。二〇一三年重考上了輔大醫學系，成績萬年墊底，開始玩底片攝影，拍了幾百捲底片，文章開始得獎。二〇二〇年慘遭兵變，老爸拖著行屍走肉的我去釣魚。二〇二二年的現在，他媽餌又卡在雜草上了。

突然我後面傳來笑聲，原來橋墩的一處平台上住著一位老頭，他穿著汗衫，像一座臥佛側躺看著我，身後瓶瓶罐罐、塑膠袋應該是他的家當。

「我釣那麼久都沒看到你。」我趕緊把口罩掛上。

「沒關係啊，就看著你釣。」老頭說。

「都釣不到欸。」我笑了。

「哈哈，看著你，很有趣。」

希望各位讀者看完這本小說，也能覺得有趣。這是一本髒髒的小說，但也許我看到的世界就是這樣吧？

最後，還是要感謝一下一路幫助我的人。感謝我的爸媽，願意栽培這樣任性的小孩。感謝我的隊友豆子，雖然你都不看我的文章，但你一直是最支持也相信我的那個人。感謝九歌出版社，願意出版這一本髒髒的小說，特別感謝總編素芳姐、我的責編晶惠、設計師朱疋。感謝陳雨航大哥、楷倫兄，兩位我景仰的文壇前輩為小弟寫出這麼棒的推薦序，實在是佩服二位。感謝寫作戰友陳二源，一起闖蕩文壇十幾年，你一直是最挺的兄弟。感謝 Bill，那年我們在山裡面差點死掉，想起來還是覺得很不可思議。感謝台大陳志信教授，當年老師把我的文章印給全班看，讓我感覺自己的文字還是有點重量。感謝輔醫的同學們，即便我程度不好也沒排擠我。感謝翊廬宿舍的同袍和社會局的夥伴，你們陪我度過人生一段很艱難的時刻。感謝想像朋友（IF）寫作會的各位（玟肆、奕樵、LIKO、與唐、乃方、佳駿、泓名、寺尾、冠宏、六六、佳樺……等夥伴），我終於能把自己的書跟你們的一起，放在書架上那排最重要的位置了。

也感謝我自己，一直堅持寫一些小東西。

感謝你讀到這裡，我們下本小說見！

九歌文庫 1431

夢幻病

國家圖書館出版品預行編目（CIP）資料

夢幻病／左耀元著 . -- 初版 . -- 臺北市：九歌出版社有限公司，2024.06
224 面；14.8×21 公分 .--（九歌文庫；1431）

ISBN 978-986-450-679-8（平裝）

863.57 113006365

作　　者 —— 左耀元
內頁攝影 —— 左耀元
責任編輯 —— 張晶惠
創 辦 人 —— 蔡文甫
發 行 人 —— 蔡澤玉
出　　版 —— 九歌出版社有限公司
台北市 105 八德路 3 段 12 巷 57 弄 40 號
電話／ 02-25776564・傳真／ 02-25789205
郵政劃撥／ 0112295-1

九歌文學網　www.chiuko.com.tw

排　　版 —— 綠貝殼資訊有限公司
印　　刷 —— 晨捷印製股份有限公司
法律顧問 —— 龍躍天律師・蕭雄淋律師・董安丹律師
初　　版 —— 2024 年 6 月
定　　價 —— 320 元
書　　號 —— F1431
I S B N —— 978-986-450-679-8
9789864506774 (PDF)
9789864506767 (EPUB)